月光洒满故乡

张实国　著

天津出版传媒集团

天津人民出版社

图书在版编目（CIP）数据

月光洒满故乡 / 张实国著.—— 天津：天津人民出版
社,2023.9
ISBN 978-7-201-19839-2

Ⅰ.①月⋯ Ⅱ.①张⋯ Ⅲ.①散文集－中国－当代
Ⅳ.①I267

中国版本图书馆 CIP 数据核字(2023)第 179731 号

月光洒满故乡
YUEGUANG SAMAN GUXIANG

出　　版	天津人民出版社
出 版 人	刘　庆
地　　址	天津和平区西康路 35 号康岳大厦
邮政编码	300051
邮购电话	（022）23332469
电子信箱	reader@tjrmcbs.com

责任编辑	霍小青
装帧设计	青年作家网
出版策划	青年作家网 www.qnzj365.com

印　　刷	三河市华东印刷有限公司
经　　销	新华书店
开　　本	880 毫米×1230 毫米　1/32
印　　张	7.375
字　　数	165 千字
版次印次	2023 年 9 月第 1 版　2024 年 5 月第 1 次印刷
定　　价	58.00 元

黄河岸边小街湾

山东治黄从滨州起步

滨州标志性建筑黄河楼，位于蒲湖风景区

小麦丰收群众晒粮

自序：梦想成真　唯有坚持

明月照我心，我心思故乡。夜有星陪伴，亲人问暖凉。

我爱我的故乡。我的故乡山东省滨州市滨城，紧靠黄河，村里的人就在滩区耕种。幼小的记忆里我在黄河游泳打闹，深知黄河的汹涌与温情。我喜欢在黄河岸边漫步，喜欢看黄河水流向东方。故乡的一草一木都长在我的记忆里。

我出生在黄河岸边，黄河从我故乡的身边流过。长在黄河，吃在黄河，玩在黄河，黄河母亲是那么慈祥，每当想到故乡，黄河便是我倾诉的对象。我爱黄河，我爱故乡，我写过诗歌、散文、童谣、歌曲，写得最多的就是黄河，就是故乡。我熟悉故乡的一草一木，我愿意为故乡歌唱，歌颂故乡的美，分享我永远不会忘记的童年时光。

我儿时就喜欢文学，喜欢诗歌，偶尔写一些不像样的文字。起初，因为村里有个小秀才，经常写一些诗歌、小说之类的东西，时常拿来与我上高中的哥哥交流。我很喜欢他们的争论与辩解。就这样，我也写了点儿东西，偷偷地寄出去，收到的却是报刊编辑的退稿信。直到 1986 年到北京参军，我才真正走上了新闻宣传、文学创作的道路。

干什么都要"两手抓"。在我的学习生活中，一手抓新闻宣传，一手抓文学创作。当时，我所在的连队与某中学结对共建，我作为校外辅导员很想为学生们做一点儿力所能及的事情。在《读书报》编辑、著名诗人陈满平老师的帮助下，我成立了雪莲书院。定期举办诗歌朗诵会，开展征文和朗诵比赛，深受学生的喜爱。特别是学生们的文章在《中国少年报》《青少年日记》等报刊发表后，更激发了孩子的对写作的热爱。我采写的《小"诺吧"喜迎开学》在《中国少年报》刊发，创作的诗歌在《中国人口报》《首都公安报》等报刊发表。中央人民广播电台《民族大家庭》栏目、《人民武警报》分别报道了我帮助孩子学习的事迹。

就这样我深深地喜欢上了新闻，也爱上了文学，梦想当一名记者、作家或诗人。

幸福不会从天降。为了追求梦想，我开始大量阅读名著，练习写作，在新闻宣传和文学创作的道路上默默前行。新闻稿件常见诸报端，尽管有时见到的是"豆腐块儿"，但我对新闻采访从不马虎。作为县（区）级广电媒体人，重大的新闻题材不多，大都是发生在身边的小事，但群众利益无小事，我对每一次采访都充满激情，把这些小事看在眼里，记在心里，并与时代的发展紧密联系，记在笔端，娓娓道来。我对新闻宣传的认真态度，对我的文学创作也大有益处，创作的诗歌、散文得到了编辑老师的认可，字里行间洋溢出浓烈情怀，流露出陈年好酒开瓶后巷子再深也藏不住的那种醇香。

整理一下碎片文字，用一本书的方式留给故乡，是我多年来的梦想。

《月光洒满故乡》是我诸多作品中的一篇，我想用它作为书名，更能体现我书写故乡、歌颂故乡的心情。本书共收录了我近几年创作的散文、随笔、书评作品，共五十多篇，大都是书写黄河、故乡的变化，参加征文并获奖的文章。散文《历史和黄河不会忘记》获"沿黄十五镇街"滨州散文展评三等奖。散文《住房公积金赋予住房新变化》获"新时代·新滨州"我和公积金的故事网评大赛征文二等奖。散文《三面镜子照亮人生》获滨州市庆祝中国共产党成立一百周年"科技兴国"征文三等奖、散文《我和滨城公安有缘》获滨州市公安局滨城分局、滨州日报·滨州网联合举办的"我和滨城公安的故事"主题征文一等奖。散文《培养科学精神，厚植滨州情怀》获滨州市科学技术学会"弘扬科学家精神，建滨州争先向前"征文一等奖。散文《看电影》于2017年10月26日获中共山东省委宣传部、山东省作家协会联合举办的"喜迎党的十九大"主题文学征文优秀奖。

经过近一年的编辑梳理，我终于完成了《月光洒满故乡》文稿的整理。本书将与读者见面了，对我而言，褒或贬都是弥足珍贵的，我期待着文友、读者们的真诚评价。

黄河入海，一去不回，作为一名文学爱好者，为了自己的梦想，一颗初心，一个目标，一个方向，一路向前。只要坚持，默默前行，再远的路，都会走在脚下。一分耕耘，一分收获。作为一个文学爱好者，我很知足，无怨无悔。

张实国
2023 年 7 月 1 日

作者在黄河滨州段张肖堂拦河闸留影

目录 /CONTENTS

下　篇

上　篇

历史和黄河不会忘记

雨过天晴，长长的大堤，在弯弯曲曲的河水映衬下，远看浮光跃金，如梦如幻。湿气升腾，似雾非雾，仙境一般。远处的羊群，在青草碧绿的大堤上，撒着欢儿，蓝天、白云、黄河、长堤……

也许，这些没映入过你的眼帘，在你的眼睛里，它们不曾存在。在我的记忆里，却时常浮现出来，挥之不去。

黄河，我每次写到或听到这两个字，就恍惚听到黄河的水声，看到那九曲十八弯、奔流到海不复回的场景。

黄河两岸的大堤，顺黄河而建，在我们这里称其为大堰。堰，有挡水防洪之功能。大堰上，每隔一里地都会有一座小屋，俗称堰屋子，是供看堰守堰的人专用的，可传递黄河汛情，也有连接滩区群众的河务功能，还是人们在大堰上行走、歇脚的好地方，我们姑且把这堰屋子称为驿站。生于20世纪60年代的人也许会记得，上了堰就能看到的堰屋子，一里地一个，都有编号，看守堰屋子的人大都是附近村里的村民。我们村按照属地管理的原则，负责两个堰屋子的管护。年纪小的人或许没看到过甚至没听老人讲过堰屋子和黄河的故事。

在我的记忆里，黄河有汹涌澎湃的凶悍，也有清澈见底的柔情。我的家现属沙河街道办事处，每到夏季，我会和同龄的玩伴到河滩里去割猪草，到黄河里游泳，整个夏天都属于黄河。

　　滚滚黄河，在我的记忆里。黄河之美，已被无数文人墨客描述得淋漓尽致。唐代诗人王之涣在《凉州词》里写道："黄河远上白云间，一片孤城万仞山。"又在《登鹳雀楼》里描写："白日依山尽，黄河入海流。"而诗仙李白的《将进酒》，"君不见黄河之水天上来，奔流到海不复回"，更是气势雄浑豪迈，震烁古今。

　　我曾到过壶口瀑布，看到过母亲河的万般柔情，也亲眼感受了一泻千里、奔流到海的气势汹涌。记得1976年，我幼年的记忆里，洪水大得出奇，行走在大堤上，往南望去，像是大海一样，满眼是水。巡堤的青年人来不得半点儿松懈，夜里靠手电筒，一步一步查找险情。我哥高中毕业回村担任村支部书记，正赶上那年的洪水，他凭借着年轻的冲劲儿，和群众坚守在大堤上轮流换班巡堤，有时会发生堰北管涌的险情，他迅速作出判断，对大堤进行加固，排除险情。

　　只有当洪水退去，河水平缓地流过，黄河沿岸才有丰收的年景。为了预防河水泛滥，我们的村庄都备有小船，收庄稼时应急使用。家住邻村的表哥是撑船好手。记得有一年黄河发水，我去表哥家走亲，乘坐表哥划的船去河滩收庄稼。那是我第一次坐船，河水把玉米淹没，有的只露出玉米穗头。乡亲们为了减少损失，跳下船，在齐腰的水里收玉米。

　　爬大堰，是小时候再好玩不过的事情。大堰不算太高，但爬上去也很费力气，一般人骑自行车上不去。小伙伴们喜欢爬上去，下堰时往下跑，由于惯性，跑起来想停住就非常难了，只能不停地往前跑，下了堰口还要跑一段距离才能刹住。

大堰，具有防御黄河洪水的功能。根据黄河洪水的大小，需要不定期加高。那时没有拖拉机、挖掘机等农用机械，只能靠肩挑手推，别看堰不高，人往上爬还可以，要是推上一车土上堰，一般的劳动力也会气喘吁吁。当然也有力气大的，出于男子汉的争强好胜，非要把推车装得满满的，一口气推上来。也有喜欢打赌的，非要决出个高低来，看看谁的力气大。

20 世纪六七十年代，每到打完棉花柴，地里没有农活了，县里、镇上会组织农民上堰。那时年年如此，大兴水利建设，不是上堰工，就是上河工；不是筑堰，就是挖沟疏浚沟渠，我们俗称上夫。我们村南靠大堰，西靠干渠，每到冬季，都到这里安营扎寨，白天上夫，晚上住在村里。

村民二娃家房子多，每年上夫的来了，总会住在他家。那时候，工程是军事化管理，一个公社为营部，一个村为连部，来驻扎之前，先跟所住的村联系。村里根据人数安排住处，动员各家各户腾出房子，并在大门口用粉笔写清住了多少人、来自哪个村。各家原本房子也并不宽敞，但为了需要，一家人只有挤一挤，先把房屋腾出来，等工程结束了，再搬回去住。

各个村队按照时间要求带着铺盖进驻村里，对号住下。说是住下，其实就是大通铺，将老百姓腾出的房子，在地上铺上麦穰或草，条件好点儿的搭个木板床，一般是在麦穰上面铺上席子，放上铺盖，就人挨人地住下了。人们白天都去上工，晚上累得一钻进被窝就睡着了，一觉到凌晨天还没亮，又要上工了。吃的是玉米面窝头，喝的是玉米糊，条件好一点儿的村，也许会来个大锅汤，一般是窝头就咸菜，喝个玉米粥。尽管条件如此艰苦，但为了以后有个好的收成过上幸福生活，男人们干起活来，总有使不完的力气。电影队也会在这时来村里放几场电影，激发干劲儿，丰富村民的文化娱乐生活。

每当筑完大堰，堰加高一层，抵御洪水的能力加强一级，人们的心就更安稳了。大堰，需要看守大堰的人的精心管护。每到下雨天，行驶在大堰上的汽车就会粘土带泥，把大堰上的泥土带走，那可是多少人一车一车推来的土哇，看堰人就须在雨来之前，在堰口看守，抬杆落锁，不让任何车辆前行。

怎么抬杆落锁？每隔一公里有一个堰屋子，每一个堰屋子前都有一个抬杆，木头做的。大堰是东西向的，落杆是南北向的，南北各有一个立杆，立杆不高，一米左右，中间有一根和大堰同宽的木头。每到下雨或有紧急任务通知拦截，看堰人便将横着的木头抬起放在两个立杆之间，一边是早已固定好的，一边是抬杆落好用锁头锁上，不经看守堰屋子人的允许，任何人不能抬杆通行。

大堰的泥土是珍贵的，就像山里缺水的农村，每一滴水都像生命一样珍贵。我长期住在离大堰不远的村庄，由于村庄离公路较远，只有从大堰上行走几公里才能到柏油路上，不下雨还好，一遇雨天，鞋底下泥片一块一块的，自行车也没法骑，推行不了几步，泥塞得泥瓦圈满满的，只好拿根木棍边走边将泥抽出来。大堰顶部是土筑成的，为了做好防御，在堰的南北两侧种植了茅草，雨天只有推着自行车在草窝里行走，才能艰难地出村赶到柏油路上骑车前行。

邻村王老汉，在堰屋子里看守了好多年，每当问起他的感受，他总是说："只有耐得住寂寞，才能守好大堰。大堰好，我们滩区才能好，我们才能好。"

王老汉有一个儿子和两个女儿，他日夜守在堰口，孩子们看他年纪大了，劝他回村生活。为了守好堰口，怎么劝也不走。他对大堰太有感情了。王老汉年轻时在黄河摆轮渡，每天在黄河边上运送南来北往的群众。由于长期与黄河水打交道，患上了关节炎。之后他向村里申请做个守堰人，把美好的时光奉献给深爱着的大堰。

像王老汉一样，有着许许多多的守堰人，默默无闻地在堰口、堰屋子度过了青春甚至是人生最美好的时光，把更多的精力奉献给了黄河母亲。现在已看不到那群为黄河献出青春甚至生命的人，但是，我们要永远记住，曾经有那么一群人……

我在大堰上走着，仿佛回到三四十年前，满眼的庄稼长势喜人，通往村庄的堰口已经很难辨认，傍晚的袅袅炊烟已被高高的楼房所代替，大堰的土路面已变成了柏油路，我的家乡把辖区的南环路命名为黄河大道，顺着黄河前行的车辆有序而过，沿途的黄河美景尽收眼底。已看不到暮归的老牛和儿时调皮的玩伴，眼前一辆辆外出打工的车辆，每到傍晚从城里开回家乡。家乡真的变了，大堰已被眼前的柏油路、绿化长廊所代替，黄河大道的美名沿着河流的方向通向世界，通向远方……

黄河从我身边过

"黄河之水天上来，奔流到海不复回。"

唯有亲临黄河，才能感受到那气势恢宏的景象。

我出生在离黄河不足三里地的村庄。儿时和伙伴们在河边割猪草、下河游泳，对黄河有着别样的情感。

看到蓝天白云映衬下的黄河，惊叹人世间竟有如此之美景。有时我们追着太阳在河边疯跑，在临近河水的河床上，双脚不停地踩出水来，将脚埋在泥土里，再费劲儿地拔出双脚。黄河，给予我们母亲般的美好回忆。

黄河，一条碧波荡漾的大河，九曲十八弯，或汹涌，或舒缓，可以看到在流水中嬉戏的小鱼儿。谁能想到，黄河的水竟然这样清澈。

在我的记忆里，流经我们滨州的这段黄河，河水是清澈的。小时候跟着大人上坡干活或和小伙伴结伴割猪草，口渴了，跑到河边，双手捧起河水，放到嘴里，清甜解渴。在黄河边收麦、种麦，我们不用从家中带水，渴了就跑到河边，捧一捧清澈的河水解渴。

几年前，我有幸到过壶口，领略了壶口瀑布之美，才体会到黄河波涛汹涌、一泻千里的气势，与家乡的黄河是不同的景象。

我家住在黄河岸边，耳边总能听到黄河的水流声，现如今，几经改造，黄河岸边已风景如画。小时候经常游玩的小街村，自2019年10月开工建设，已经打造成黄河小街湾，每到周末或节假日成为我和老伴必去的休闲之地。

黄河小街湾，利用"河宽滩大、风情秀美、宜居宜游"的生态特色，坚持"以绿为底、以水为脉、以人为本、以文为魂"的规划思路，分为综合服务区、休闲营地区、绿植生态园三大功能区，包含了黄河之星、休闲营地、黄河微缩景观、亲水平台等板块。这里是人们认识黄河、亲近黄河的好去处。

黄河流经我的故乡，我深深地爱着这条母亲河。黄河，中国人的母亲河，中华民族的摇篮。我们要守护好母亲河，深入挖掘历史线索，深入挖掘滨州黄河文化，讲好滨州黄河故事，保护、传承、弘扬黄河文化，让黄河成为滨州的亮丽名片。

黄河从我身边流过，那激流翻卷着旋涡滔滔奔泻，奔流到海。我们用心书写文字，黄河母亲，作为儿女，我是多么爱您；作为母亲，您是那么爱我……

黄河农事

我和我的父辈一样，世世代代生长在黄河岸边。黄河是我的故乡，我把一生的情感倾注于黄河，静静的流水是我倾诉的对象。黄河农事，唤醒我，也唤醒故乡。

黄河边土质好，适宜种植小麦、玉米、大豆、花生、地瓜。在我的记忆里，我们村种过棉花、西瓜、土豆、高粱，最适合种植的还是小麦、玉米，土质好，品种佳，产量高。黄河岸边这块肥沃的土地养育了我们。曾几何时，饥饿伴随着父辈，几百口人的村庄，饱受黄河泛滥之苦，年年眼看到手的庄稼，被上涨的黄河水淹没。我曾经目睹黄河泛滥的景象。1976 年，年仅 8 岁的我，跟着大人来到黄河大坝上，望着眼前的一片汪洋，无法形容当时心里害怕成什么样子，害怕灌入蚁穴的水流引发灾难，那将是多么可怕的景象。

我们村的乡亲就像黄河艄公，在党的领导下，凭着那股不屈不挠的坚定信念，研究黄河的秉性，根治黄河，一步一步从挨饿到吃饱再到吃好，过上今天幸福美满的生活。难怪父辈说："共产党带领我们过上好日子，没有共产党，就没有新中国。没有新中国，哪有我们幸福的生活！"

童年的记忆，留在了黄河岸边。黄河岸边的嬉闹声，黄河里游泳的小伙伴，黄河岸边的猪草筐，历历在目。夜里的梦，像电影一样回放，我愿意依旧住在童年那段美好的时光里。

黄河水就从庄稼边流过，浇地却非常困难。现在回想起来，可能是人的意识问题吧。黄河滩区的庄稼本该灌溉条件便利，我们村的庄稼东西向、南北向都有，生产队与生产队之间虽然有专门浇地的大沟，小时候却发现每年浇地难上加难，从黄河直接调水不行。据说是柴油机长时间工作震动，沙土往下塌陷，经常移动柴油发动机也太麻烦，就干脆从大坝北面的沟渠调水，调一次不行，就调两次、三次，从村西面的沟渠调水进小沟，从小沟再把水引进来浇黄河滩区的庄稼，几经折腾，干渴的庄稼终于喝上身边的黄河水。每到汛期，不用调水浇地，不打招呼的黄河水也会涨起来把滩区的庄稼淹没。每到这时，大人们都会把心提到嗓子眼儿，生怕一年的收成又要泡汤。

我出生在 20 世纪 60 年代，那时上学的学生也会帮着家里做一些力所能及的农活。我家缺少劳力，我接触农活比较早，什么拉车子、站耕耢、打营养钵、种棉花，样样能拿得起。其实，尽管能帮助家里干点儿活，但毕竟年龄小，时常也闹些笑话。

我哥比我大 11 岁，姐姐比我大 6 岁，干活我只是搭把手。记得有一年到河滩整地，哥哥是个急性子，干活认真不惜力气，凌晨三点钟就叫上我和姐姐去整地。因为有一块东西向的耕地，西高东低，浇地水流却从东向西，西边的高处浇不到，庄稼便因干旱而产量低。哥哥要求高，要把这块地在秋收时整平播种小麦，来年有个好收成。当时我还是一名小学生，睡眼惺忪地跟着哥哥姐姐去整地，干了不一会儿，就困得不行了，悄悄地跑到玉米秸秆旁倒下想眯一小会儿，不知是太困太累还是在地里睡得香，哥哥姐姐也不好意思叫醒我，便一觉睡到大天亮。等我醒了，羞得小脸通红，赶紧和哥哥姐姐道歉：真不好意思，你们怎么没叫醒我呢？

　　童年无忧，黄河水流。想想儿时的故事，尽管挨饿受穷，但一大家人生活在一起，有说有笑，其乐融融。还记得种棉花时，在棉花地里牵牛耪地，技术好的在后面扶着耪锄，还要掌握耪地的深浅，我年龄小扶不了耪锄，只有牵牛的份儿，不停地挥起鞭子赶着老牛，到了地头，就转到下一垄地。没想到，只顾说话，老牛的蹄子踩到了我的脚面上——哎呀，疼死我了。幸好棉花地不是太硬实，但还是让我咧着嘴直喊疼。当时，我家没有养牛，是借邻居家的牛来干活，只好忍着疼痛把地耪完。

　　记忆里的农事，有时细细一想，蛮有趣味。

　　我们村西有一条引黄河水的干渠，应该是主干渠，其余分支称之为二干、三干、四干，每年冬季都要清淤。把沟底淤积的土清理出来，堆积在主干渠两侧，把沟渠修复成坡状。水利工程施工要求很严，有带工的，也有专业技术人员负责验收工程。这也是我们村里每年要干的农事。

　　今年麦收时节，我回到村里的收割现场。成排的联合收割机"突突突"地开进现场，一字排开，不到一天的工夫，几千亩小麦颗粒归仓。现在农民种地，一律机械化，减去了劳力流汗，节约成本，土地流转的老乡在家享受幸福的时光。黄河农事，从我们儿时的手工作业，已经升级到了机械化作业了。

棉花白白情意浓

棉花种植，在鲁北地区较为普遍。我们滨州市滨城区杨柳雪镇杨柳雪村，各村各户都会种植棉花，从打营养钵、薄膜覆盖，到种植抗虫棉，当地农民个个都是行家里手。

种过棉花的人都知道，过去种棉花，投入人工太多。播种，定苗，棉花苗长出后，就开始生蜜虫，就需要不停地打农药。蜜虫非常顽固，打一遍农药，没几天棉花叶底下又长出蜜虫，又需要再打农药。这样反反复复，棉农都把精力投入在棉田里。再是修棉、打叉、打边芯、打顶芯，棉花长势太旺了，还要控制棉花生长，需要打矮壮素。总之，"家里一亩棉，全家不得闲""站在麦垛看谎花，七月十五见开头，八月十五棉大喷"等当地俗语，都是说棉花的。

我对棉花也有着深厚的感情，我的老家也是棉区，从小耳濡目染，知道种棉花的艰辛。实行联产承包责任制前，上坡干活都是集体出工，实行工分制，那时的学生，星期天或麦假、秋假也会到生产队拾麦穗、拾棉花，帮家里挣点工分。每当参加完劳动，我都会感到无比自豪。

由于长期在外工作，加之年龄的原因，我现在干农活的机会越来越少了。最近两次打棉花柴，也是几年前的事情了。岳母种了点棉花，为的是给外甥、外甥女絮被子用。临近上冻，棉花已经过了采摘的好时候，但棉花柴上端还有棉花桃，为了再从里面捡点棉花出来，乡亲们会把棉花柴打下来，竖在自家房子墙根，经过太阳的照晒，那些好点的棉花桃还可以裂开口，勤劳的农民就可以从中再扒出些棉花，尽管量很少，但都是辛苦耕种出来的，舍不得丢掉浪费。

岳母是一个勤快人，闲不住。她喜欢在地里种点儿蔬菜瓜果，比如冬瓜、南瓜、菠菜、油菜，每到周末孩子们回家看望她，她就乐此不疲地忙这忙那，摘一堆菜，让这个孩子带点儿菠菜，让那个孩子带些油菜。每年冬瓜成熟了，一家分上一个大冬瓜，能吃好几餐。岳母南瓜种得特别好，产量高，种的南瓜不但能供应女儿和亲戚吃，每年还拿到集市上去卖。我佩服岳母对土地的热爱，是门前的菜园和仅剩的一点儿土地给岳母带来了快乐和满足。

我对种庄稼并不陌生，我在参军前后就在农村种过地。退役上班后，我又到农村担任村支部书记，种过地，上过夫，什么样的农活都接触过。1993 年，我还参加过棉花工作组，帮助指导群众抓棉花生产，对土地有着深厚的感情，对棉花种植更是情有独钟。

棉花适播期除了要考虑发芽出苗时的气候条件，还应考虑棉田前作物的种植与收获时间。我们鲁西北属于产棉区，过去每村每户都种植棉花。种棉花也非常辛苦，特别是棉花容易生蜜虫、棉铃虫，比较顽固，很难防治。记得那时种棉花天天打药，防治蜜虫一遍又一遍。阴天不能打药，只有在骄阳下打药防治效果才好，但大中午打药又面临药物中毒的危险，辛辛苦苦地种一年棉花，到了八月十五左右，才是棉农最高兴的时节。

种植棉花有俗语："四月八，种棉花"，"站在麦垛看谎花"，"七月十五见开头，八月十五正大喷"。农历七月十五之后，才开始采摘棉花，一个月左右的时间，再到棉花地里看，到处白花花的。豫剧朝阳沟唱得好："棉花白，白生生，萝卜青，青凌凌，麦籽个个饱盈盈，白菜长得瓷丁丁。"

采摘棉花要将包袱扎在腰间，另两个角扎好套在脖子上，双手采摘棉花，顺手放在包袱内，由于棉花产量高，不一会儿包袱就塞满了，找一块空场，将采摘下来的棉花放在一起，再去地里接着采摘。相邻地块的乡亲们高兴地采着棉花，还可以说东道西，相互交流。

过去集体生产队时，到了采摘棉花的季节，社员们采摘棉花那也是一大景观。远远望去，成片的棉田白花花的，被太阳晒得晃人眼，一人一垄地，几十个人在棉地里有说有笑，甚是热闹。

一上午的工夫，社员们摘的棉花就像小山一样。再由男性劳动力套上马车运回场院里。

棉花还可以折算成棉籽油和棉籽饼。我的印象里，每到生产队分棉籽油，家里的盆盆罐罐都装满了油，棉花产量越高，到了秋后分的棉籽油越多。棉籽油炒菜食用，棉籽饼留着来年上地当肥料，有牲口的，还可以拌在草料里喂牲口。

望着眼前的棉花柴，岳母问我用端镰还是用打棉花柴专用的老虎钳子，我说我喜欢用老虎钳子。端镰得有力气才能用得好，我已年过半百，加之长期坐办公室，缺少锻炼，干起农活来，只有凭耐力了。

　　我用老虎钳子慢慢地打着棉花柴。说是棉花地，其实是岳母早先的苹果园地。这几年，随着城乡开发进程的加快，土地越来越少，岳母不舍得荒废原先的苹果园，就种上枣树、香椿树，还有零星的几棵果树。和土地打了一辈子交道的老人惜地如命，总能在方寸之间种植出农作物来。这不大的苹果园地，光种南瓜就收入好几百元。岳母是个勤劳的人，喜欢种这种那，不到冬天，总是闲不下来。我想种地也是一种锻炼，只要老人身体好好的，比什么都强。岳母尽管年逾七十，由于长期在家种地，喜欢活动，身体很硬朗。

　　岳母是一个闲不住的人。我们都劝她不用种地了，每人给点钱就够生活的，但她仍不改农民的本色，还是喜欢种庄稼。村里的牧羊人过来劝岳母，别种地了，三个女儿给你的钱就够吃够喝了。说实话，妻子姐妹三个都过得还可以，难为不着岳母，每到周末都往家买菜、买鱼肉、买食品，可岳母还是喜欢种点地，一是打发时间，二是可以锻炼身体。平时一个人在家，种地打发时间也是驱赶寂寞的最好选择。

　　上次来打棉花柴由连襟陪伴，这次只有我一个人。牧羊人也过来搭讪，怎么一个人打棉花柴，今天不是周末吗？我说他们都忙，今天我有时间，今年地里还没上冻，很好打，一个人足矣。岳母也不闲着，将我打下的棉花柴捆扎好，用三轮车往家运。我说不着急，等我打完了再往家运吧，您老人家毕竟年龄大了，我两个小时就可打完，不着急，您回家喝茶等着吧。

岳母太勤快了，她没有听我的劝阻，慢慢将我打下的棉花柴往家运。为了不让岳母着急，我迅速地打着棉花柴，不一会儿的工夫，一垄棉花柴到头了，真和我估计得差不多，不到两个小时。

岳母高兴得不得了，说没想到一上午你就打完了。我高兴地说，今年还没上冻，棉花柴好打，您别忙了，我往家里运吧。收拾好老虎钳子，我将打倒的棉花柴，一捆一捆地抱到地头，装在三轮车上，一车，两车，三车，一上午的工夫，我将棉花柴打完都运回了家，并帮岳母竖在墙根晒上，也算了却她的一桩心事。

如今，农业实现了现代化。打棉花柴也是种奢望。我们的小康生活，越来越美。

住房公积金赋予住房新变化

我在 1997 年购买的那套住房需要粉刷，找来几个儿时的伙伴，忙活了一天半，经过修缮，旧貌换新颜。不经意间谈起这些年我的住房，我还是愿意聊聊住房的变化。

1990 年以前，我和父母住在农村老家。直到 1990 年我从部队复员，到一家国有企业上班，分配了两人一间的平房宿舍，我才有了真正属于自己的小天地。尽管是两个单身一间房，但对面有一间小小的厨房，自己可以做个饭。时常约上三五好友喝上一杯，真是一段美好的时光，充满了快乐，充满了无限的遐想。

我在 1991 年冬天结婚，我的妻子是一所乡镇中学的教师，我们的婚房除了老家父母给的三间瓦房，就是学校分配的一间平房。那时条件比较差，只有一台电视，在房间里做饭，五天有一个大集，购买一次蔬菜能够吃到下一个大集，平时很难买到新鲜的蔬菜瓜果。想想那时的二人世界，一间房，一张床，一台电视，两辆自行车，就是全部家当。

1993 年女儿出生，妻子也从乡镇中学调入市里一所不错的小学，我们又开始了租房生涯。起初还好，租赁的房屋是学校附近一个单位的旧办公楼，说是旧办公楼，其实就是一座闲置的三层单面楼，我租的房屋在三层，像是办公室，又像是一个小型会议室，南面三个大窗户，西面还有两个大窗户，采光好得很，通透明亮。每到下雨，"外面大下，屋里小下；外面不下，屋里滴答"。

学校教师较多，住房很难安排。我们还有幸在学校里住过"团结户"，就是一套住房或安排三位单身职工，或安排有家有口的两户。当时住进"团结户"，也是一件值得高兴的事。我们一家三口和一位韩姓老师一家四口拥挤地住在一套不足 70 平方米的楼房里，共用一个厨房、一个卫生间，三室和客厅供我们两家使用。我住北面一间卧室，妻子和女儿住有阳台的另一间卧室。韩老师和爱人、儿子住一间较大的卧室，韩老师的女儿则住在客厅里。尽管房间小、人员多，但我们相互理解、相互包容，还是在一起度过了那段难忘的时光。

直到 1996 年学校开始集资建房，我们一家人靠亲朋好友帮忙，凑够了集资款，分得一套 100 平方米的住房。1997 年搬进新房，女儿高兴地说："我终于可以大声说话，到处跑着玩了。"之前韩老师的女儿正准备中考，怕影响她学习，我不让女儿乱跑玩耍。有了自己的独立住房，我给女儿购置了书桌和小床。渐渐地，我发现女儿更加开朗活泼可爱了。

曲曲折折的住房经历，也许有不少人和我一样，从租房到拥有自己的住房，靠自己的拼搏奋斗实现梦想。

幸福是奋斗出来的，只有自己为了梦想不懈努力，你才会珍惜来之不易的生活，来之不易的幸福。

就在家家户户忙购房的现实世界里，我和妻子也商量买上一套像样的住房。一次战友聚会，谈到贷款购房，战友们说现在用住房公积金贷款买房很方便，利息比商业贷款低很多。我想还有这等"天上掉馅饼"的美事！第二天，我们两口子怀着试试看的心情来到滨州住房公积金管理中心咨询。工作人员耐心而又详细地给我介绍了住房公积金贷款的相关政策，并且十分肯定地告诉我，只要手续齐全，正常情况下，15个工作日后就能申请到公积金贷款。支付一定比例的首付，剩余部分通过贷款是大部分普通老百姓选择的购房方式。

我们一家合计后，决定通过住房公积金贷款买房。经过滨州市住房公积金管理中心核准，我们很快办好了相关手续，终于拥有了属于自己的新住房。如今居住在高品质的小区，进出方便，三季有花，四季常绿，心中不禁感慨万千。

感谢党的十一届三中全会给我们带来的勃勃生机，感谢住房公积金制度带来的新变化，让我们有幸赶上了这个好时代，见证了祖国改革开放以来日新月异的变化。在滨州市全面推进更高质量发展新征程中，市住房公积金管理中心为广大缴存职工提供的贴心服务，帮助广大市民实现了安居梦。

我要深深地感谢住房公积金制度和滨州市住房公积金管理中心的工作人员，帮我圆了住房梦。在花园式的小区中，晚上我常会在美梦中笑醒。清晨透过薄薄的纱窗，院外的绿化长廊、公园一览无余。我愿意和更多的人分享我与公积金的故事，把幸福分享。我的心像太阳一样明亮。

（此文于2020年10月获滨州市"新时代·新滨州"我和公积金的故事网评大赛二等奖）

月光洒满故乡

最不能忘的是月光。最最不能忘的是八月十五的月亮。

中秋的月光，在诗人笔下是一种永远的情怀。明月有光、明月有影、明月有情，诗人们爱国思乡，笔下的月亮折射出心灵的光芒。我喜欢中秋的月亮，喜欢在八月十五的夜晚，赏着月亮吃着香甜的月饼，享受那份浪漫与甜蜜。

如今中秋，尽管月饼包装精美、馅类各异，花样层出不穷，却已不是节日的宠儿。

小的时候，中秋节吃月饼，是件非常高兴的事。父母早早地买上几块月饼，放起来，等到中秋节这一天才拿出来吃。我们几个孩子总是盼着这一天的到来。

慢慢长大了，中秋节会到舅舅家、姑姑家走亲串门，有望吃上香甜的月饼。那时家里都很穷，八月十五吃个月饼也是奢望。

我喜欢吃甜食，对月饼情有独钟。什么五仁月饼、酥皮月饼都是我的最爱。对于吃月饼，我印象较深的是1988年的中秋节，有个战友无比思念远在天边的恋人，将分发的月饼掰成两半，一半自己吃掉，一半放在衣橱里留给恋人。

八月十五月儿圆，中秋月饼香又甜。人们在中秋之夜赏月吃月饼已成习俗。现在人们生活水平提高，工作忙，生活节奏快，对月饼不再那么心心念念了。只是在中秋之夜，一家人坐在一起象征性地吃点月饼，也算是对节日的一种庆祝吧，反而是各种美味水果、零食更受年轻人和孩子们的喜爱。

我是一个比较传统的人，父母在的时候，都要回到老家陪着父母过节。如今父母不在了，每年的中秋之夜，炒上几个小菜，和家人举杯邀明月，喜欢这种节日的浪漫，跑到楼顶或空旷的地方赏赏月光，偶尔也会拍几张照片留作纪念。

记得有一年中秋节，我要去单位上中班（单位分早中两班，中班是下午四点至晚上十二点）。下班后，我骑自行车从工厂回家，望着圆圆的月亮，骑行在空旷的马路上，抑制不住中秋赏月的快乐，哼着小曲，快速地向家飞奔。

我认为中秋节是团圆节，一定要和家人在一起。中秋节，可以不像春节那样需要走亲访友，可以静静地待在家里，与家人享受月光带来的那份欢悦。

小时候的中秋，正值农忙时节，收秋种麦。大人忙得不可开交，小孩子则追着大人要钱进城，到城里开开眼界。如今，乡亲小聚，聊起小时候的中秋节、国庆节，记忆犹新。我们的家乡离滨州足有二十千米，小时候会三五结伴步行进城看场电影，买个包子，逛逛商场，但一天二十千米的步行，也会累得几天休息不过来。

我喜欢中秋节，硕果飘香。苹果、梨、枣、葡萄都到了丰收的时候。满场院的玉米、大豆，满眼金黄，都是一年辛劳的收获。

我喜欢中秋节，满大街开始月饼飘香，静等中秋的月光，陪着家人，举杯赏月吃月饼，想想过去有趣的事情，在月光下畅谈未来和理想……

过年的记忆

时光如梭，转眼又是一年。在我的记忆里，过年是一家人团圆的美好时刻。今年春节，因特殊情况，我们就地过年，少聚集，少串门。今年的年夜饭将在人们的记忆里永远难忘。

我的家乡在鲁北，过年热热闹闹，总有挥之不去的记忆。

过年，挨家挨户磕头拜年送祝福，长辈们抓把糖果、爆米花，发点压岁钱。随着鞭炮的响声，追逐春天的脚步，把寒冷的冬天放在手里，总有一股冬日暖阳般的暖，如同清泉滋润心田的甜。进入腊月，小伙伴们放鞭炮、玩游戏，从噼噼啪啪的爆竹声里，从香喷喷的饭菜和呛人的烟火混合气味里，从人们洋溢着笑容的脸上，孩子们感受到了过年带来的诸多乐趣。

我喜欢家乡进入腊月就是年的味道，从热乎乎的腊八粥，到二十九的包子馒头，再到年三十的年夜饭，一股难以忘怀的乡愁涌上心头。

腊月里，集市也热闹了起来，放了假的孩子，好不容易软磨硬泡地从大人手里拿到几块甚至是几角钱，兴高采烈地跑到大集上，从集市的这头跑到那头，看摊位上摆放的烟花鞭炮，眼馋地看着冰糖葫芦，买几颗糖块攥在手里，在包子铺前逗留。还是理发的师傅手艺好，将一个个顾客理得精精神神。

我喜欢腊月的饼子白菜汤，临近春节，总会买一点五花肉，

上　篇

炒一锅白菜汤，再在锅边上贴一圈玉米面饼子，炖出的汤是香的，带着玉米香味，足够让人垂涎三尺。我喜欢那种味道，每到年根，回忆像电影一样播放。

除夕夜，一家人守岁。同祖同宗的一家人围在一起喝酒聊天，一般是没出五服的亲人，老老少少聚在一起。一大家子，辈分高的做东，在家准备好酒菜，做东的就让家里年龄最小的孩子挨家挨户将亲人相邀到家中吃饭喝酒。大过年的，一年一次的喜相逢，大家也不用客气，带上过年的好酒好茶甚至是罕见的好菜，陆续来到这家围拢成一大桌，畅谈一年来的收获，与家人们分享着喜悦与遗憾，畅想来年的奋斗目标。酒慢慢喝，菜慢慢上，到了春节联欢晚会开始，打开电视，边喝边看电视边唠嗑，这种欢聚只有过年才有。

说不完的话，道不完的情。难得一大家人在这除夕夜放下一切工作、事务，敞开心扉地喝酒聊天，酒量大的，喜欢热闹的，压指划拳。有不胜酒力的，几杯下肚，开始笑呵呵地看着。一家人喝着聊着，守岁过大年。

时光还是守不住的，一分一秒地往前跑。转眼到春晚敲响跨年的钟声，孩子们在院子里将早早准备好的鞭炮点燃，"噼里啪啦""叮当""嗖嗖嗖"，一时间，鞭炮的响声震耳欲聋、响彻云霄、此起彼伏。天空已是鞭炮的天空，满天繁星被烟花烟雾遮盖，远的近的鞭炮声将一年中一切的不快驱逐到九霄云外，迎接新的农历新年的到来。

大年在震耳欲聋的响动声中来临，似醉非醉的人们，互道祝福，约定大年初一几点钟起床拜年，才回到各自的家中。

大年初一是要早起的，贤惠的女人四五点钟就起床和面、调饺子馅，准备大年初一的饺子。

其实过年吃饺子也是很讲究的，在我们家乡，一般是大年三十的晚上吃饺子。因为三十下午要祭祖，包好水饺，带点年货鱼肉之类，家里的男人们要到祖坟上祭祖，向故去的老人汇报一年的年景，告知新年降临。初一早上的水饺是必需品，每家每户都要早起包水饺，有荤的有素的，荤的象征一年财源滚滚；素的象征一年素素静静、平平安安。和面调馅也代表着厨艺水平，面多少，馅多少，都有讲究，最好是面、馅刚刚合适，总之各有说辞，都有美好的寓意。下饺子也有学问，有时把水饺下破了，就会说挣开了，预示来年大吉大利，财神上门富贵满门。一地有一地的说辞，反正是过年，都是吉祥话。要不怎么说"过年的嘴巴——净挑好听的话说"，让人听了高兴。

我是在部队时学会蒸包子、蒸馒头、包水饺，所以说是家庭过年做饭的主力。大过年的，每个人都想着玩，出去串串门、聊聊天、打打扑克，拜访一下长时间不见的乡亲，总感觉时间过得快，几次叫回家吃饭都舍不得离开。我在外的时间多于在老家的时间，门子（说话聊天的地方）不是很多，于是包包子和蒸馒头就成了我分内的事儿。嫂子和母亲很会说话，不停地夸赞我蒸的馒头好，包的包子褶漂亮。我就这样在一番夸赞声中把包子、馒头做好，供一家人春节享用。

大年初一，是过年几天中最最热闹的。清晨四五点起来包水饺，起床先放一挂鞭炮，然后开始包水饺，一家人会包水饺的齐下手，切箕子、擀皮，一顿饺子不费劲儿，很快就做好了。忙着烧火的老人已烧开了锅里的水，高兴地端着饺子放入锅中，待煮熟饺子端上桌子，又到屋外点燃鞭炮，像是告诉四邻八舍的乡亲，"吃饺子喽，吃饺子喽"。

吃饺子前，有一种仪式，那就是磕头拜年。年轻的依次给年长的磕头拜年，老人们嘴里说着"不磕了，不磕了"，一边拿出红包发给年幼的孩子。一家人在说笑中倒醋拿蒜吃饺子。

一阵忙活过后，天渐渐放亮，总是在太阳升起来之前，街巷里拜年的人流开始涌动，走东家串西家，一般是同姓的乡亲逐家拜年。辈分高的老人在家等着乡亲们来拜年磕头，准备好香烟或糖果，每当有人来拜年总是掏出香烟或糖果推让一番。那时的年有烟火味，街上不时传来几声鞭炮声，也有昨天守岁喝过头吃饭晚的，一阵鞭炮响，引来阵阵说笑声。

拜年是乡亲们坚守的一种仪式。忙活一年，有的乡亲为了工作和生计，一年到头见不上几回面，在拜年的相遇中谈谈往年的情况、聊聊新年的想法，然后再邀约得空时去家里喝茶。

春节的酒菜不用怎么准备，过年准备的菜很丰盛，都是现成的。过年到谁家喝茶聊天，不一会儿的工夫，家里的女人端上几个现成的菜来，炖个鸡、炖个鱼，放上几瓶酒，然后给自己悄悄地放个假，出去串门聊天去了。男人们在家喝酒，有串门的，便坐下一起喝，有时三五人的酒局，也许会喝上一天，由三五人扩大到七八人，有时也会成流水席。过年嘛，图的就是热闹。

　　年轻人对喝酒没有兴趣，喜欢文明时尚过节，便三五相邀，到黄河大坝的拦河段玩耍。每个拦河段，都有提水闸，闸口附近绿化得很漂亮，像是一个小花园，面积大些的就是一座公园。年轻人相约到这里，俊男靓女，说说笑笑很是惬意。也有周边村庄谈恋爱的男女在这里相会，倾诉衷肠吐露心声。

　　故乡的热情，驱散冬的严寒。风吹故乡，一股股亲情乡情在热闹的村庄里升腾。大年初一是幸福的，家家户户欢声笑语不绝于耳。到了晚上亦是如此，发小们相聚一起，大有一醉方休之势。要好的同学朋友、谈得来的乡亲都会拿出好酒好菜。

　　我喜欢故乡的大年，总有在外无法想象和弥补的热闹。

　　到了初二，则是另一番景象。我们老家的风俗是初二到姥姥家拜年，初三走姑家，初四走姨家，如果家里亲戚多、兄弟多就分头行动的。由于姥姥姥爷去世早，我和哥哥在这天一起早早地去舅舅家拜年，舅舅便烫上好酒等待我们的到来。我兄弟俩每年都会和舅舅喝个痛快，有时也会等待表哥表弟从他们的姥姥家回来，再端上酒菜，酒足饭饱后才回家。我们这边乡亲们认为初二回家晚，就表示在姥姥家吃得好喝得好。初二这天，外出拜年的一般要到下午四五点钟才能回到家。

　　如今每到年关，我总会想起在老家过年的点点滴滴，那些在我记忆里抹不去的亲人，有些已经悄悄地离我远去。过年本是高兴的事情，现在的我却为父母远去不能重回那个热闹的过年时光而忧伤。

　　我总觉得我的根在故乡，每当过年我还是要回到故乡，将自己的心交给故乡，在故乡感受过去那种年的味道，尽管我已年过半百，依然保持一颗童心，在那段记忆里奔跑，仿佛听到那阵阵鞭炮声……

（此文 2021 年 1 月 25 日在"学习强国"山东学习平台发布）

年味浓浓话过年

　　我们习惯把春节叫作过年。过年，是阖家团圆的日子。过年，是儿时的期盼。过年，是中国的传统节日，是最有意思的节日。小的时候，进入腊月，就盼望着放寒假。街上传来鞭炮的声响，就知道，年的脚步近了，我们的好日子要到了。于是，追在大人的屁股后面，要买新衣服穿，要拿钱赶年集。其实，那时的生活是多么的艰难，对我们小孩来说可以穿新衣戴新帽，而对父母来说可是"年关"。我现在依稀记得母亲当时感叹："年好过，春难挨。"

　　时光如流水，贫穷的时代属于过去。改革开发的春风吹遍中华大地，勤劳的人民通过自己的双手和智慧，换来了幸福日子。原先累死累活在庄稼地里刨食，起早贪黑，一亩小麦到头来也就五六百斤的产量。而现在，同样是一亩麦田，亩产量可达到一千斤左右。汗珠摔八瓣、弯着腰的人工收割变成了轻松的机械作业。每到腊月，我都会到家乡看望乡亲，串门走亲。儿时的记忆那么亲切，有说不完的话语和说不清的香甜。

　　过年，在我脑海里闪现出一幅一幅难忘的画面。从破屋烂房、尘土飞扬的破衣烂衫，从种棉花挣工分到家家户户分棉籽油时摆在大街上的盆盆罐罐，从联产承包责任制到干劲十足、手里开始慢慢地攒钱，从村里第一个万元户到耕牛下岗换成拖拉机、收割机，从时代巨变到改革开放后的今天。红对联上联下联横批的变迁，土坯房悄悄地退出了人们的视线，过年不再为给孩子置办新衣犯难，家家户户开着自家小轿车置办年货，不再为买一斤青菜而讨价还价。

晴朗的冬天，感觉不到太多的严寒，总能感觉到冬日里那份暖阳。过了腊八就是年，年的脚步越来越近，人们习惯在春节前到亲朋好友家走走看看。过去骑个自行车，带点年货一家一家地转，好客的亲戚留下喝酒吃饭，喝得东倒西歪，不小心还会摔一跤。如今串门，计划好时间，东西往后备厢一放，顺路走亲，不仅节约了时间，也省去了喝酒的弊端。为了家人的安全，没人劝酒了。忙忙碌碌的人把时间交给工作，交给事业，交给家庭，大家有空再聚，没有空暇见面喝杯茶就行。

我喜欢过年，寒冬已过又是春天，我喜欢春天的脚步，喜欢春天里樱花满山，绚丽灿烂。我喜欢过年，喜欢赶年集的热闹，喜欢过年的鞭炮声响，喜欢门前红红的对联。

2020年春节，年前还是一切如往，大家沉醉在除夕的夜晚。守岁，看春晚，世界一切平平淡淡。

1月25日，大年初一的早晨，我早早地包好饺子，按照往年的习惯，准备回老家给父老乡亲们去拜年。一切就绪准备出门，接到了叔婶打来的电话，通知今年春节不用回家拜年了。春节不拜年，只好打电话发微信给长辈亲友们拜年，特殊时期亲友理解并支持居家过节，不出门不添乱。还没在欢乐的春节里过多欢喜，就接到微信群里提前结束休假，迅速到位到岗的指令，迅速投入工作中。这个春节将在记忆里永远难忘。

2021年的春节，我早早地做好设计，和家人商量好居家过年不失节日气氛，一定过得热热闹闹，过一个有意义的春节。看到"学习强国"举办"过年：中国人的集体记忆"主题征文，便动员全家齐参与，用文字抒发共同的乡愁，重新审视这个春节，让家人了解中华民族传统节日的宝贵价值和独特作用，并详细了解当地的民俗和时代赋予的新内涵。

为了过好牛年春节，我积极参与了滨州市图书馆举办的"辞旧岁、迎新春"春节传统文化知识趣味竞答活动，参加了《儿童诗歌》组织的牛年新年征稿，我慢慢地将春节过成了文化年。

我们深深地感受到了党和国家的温暖。作为一名复员军人，党和政府给我们送来了慰问信和大红对联。作为扶贫帮扶责任人，我们给贫困群众，送去了油米面。

每到临近过年，我总会想起在老家过年的点点滴滴。脑子里像过电影一般，定格的是美好，是每一个留在记忆里有意思的年。

"有钱没钱，回家过年""找点空闲，找点时间，领着孩子，常回家看看"……

春节前献次血

转眼又是一年。今天是腊月二十,社区、街道、路口、公园张灯结彩,挂起了红红的灯笼,洋溢着喜庆的节日气氛,感觉春节越来越近了。

春节在每一个人的记忆里,留给每一个人的印记却不同。譬如赶年集、购年货、除夕饺子、红对联、放鞭炮,其实春节对每一个人都是公平的。有钱没钱,回家过年。春节的年味萦绕着每一个村庄、每一条街道、每一个人,带来家家团圆的氛围。

记得 2009 年春节放假前,市中心血站血源告急,通知我去献血。我处理完手头工作来到血站,当时血源非常紧张,我到中心血站填表查体一切合格后,血站的工作人员问我可不可以献两个治疗量的成分血,我问了问我的血小板数量,便毫不犹豫地献了。

这是我有生以来第一次献两个治疗量。通过这次献血,我知道由于春节人员流动性大,突发事件多,用血需求量大,加之许多献血志愿者回家过年,联系采血非常麻烦。我就暗下决心争取每年春节前献血一次。

血液连着你我他,安全供血靠大家。我所在的单位有着光荣的无私奉献传统,尽管我们是新闻宣传单位,平时业务量大,但大家工作积极,团结一致,乐于奉献。大部分编辑记者除两肩担道义、妙手著文章外,还积极参与一些社会公益活动。早在 1998

年开始，部分记者就开始加入无偿献血的队伍，从局长、台长到记者都经常参与献血活动。2000 年 11 月 8 日，是我国新闻工作者的第一个记者节，全国广大新闻工作者用自己特有的方式庆祝第一个记者节，我和我们单位的记者、编辑则在这一天自发组织到当时位于渤海八路的滨州市中心血站，体检、验血，挽起衣袖献上自己的一份爱心。当晚《滨州新闻》报道播出，在社会上引起不小的反响。

无偿献血，是一件非常光荣的事情，可使自己的血液输入病人身体中重新托起生命，可谓献血救人，功德无量。我献血由最初的一次 200 毫升过渡到 400 毫升，后又改为献血小板机采成分血，一次一个治疗量可按全血 800 毫升计。我光荣地加入献血志愿者队伍，血站血源告急，一个电话通知到我，我便毫不犹豫处理完手头工作到血站献上一到两个治疗量成分血。

从 1998 年开始，我积极参与无偿献血活动，献全血 11 次，献成分血 24 次，为 140 多人带来生命的希望。无偿献血是团结友爱、无私奉献精神的具体表现，也是一种互救互助的方式。自从我了解了无偿献血，就坚持每年献血，特别是在记者节或春节，都会毫不犹豫地参与献血。献血是奉献爱心的体现，使病员解除病痛乃至挽救他们的生命，其价值是无法用金钱来衡量的。为爱行动，与爱同行。我奉献，我愿意用微不足道的举动为这个春节增添一份安宁。

今天上午，冬日的暖阳温暖地洒在每个人的脸上，我高兴地来到滨州市中心血站，填表抽血查体，化验合格后，挽起衣袖捐献了两个治疗量的成分血。

春节近了，春风又起，我愿这个城市的每一个人健健康康，永远安宁健康。

（此文 2021 年 2 月 20 日在"学习强国"山东学习平台发布）

敬老院里过小年

"小孩小孩你别馋，过了腊八就是年。腊八粥喝几天，哩哩啦啦二十三……"这是在我们山东流传的歌谣。还有一首是："二十三，糖瓜粘；二十四，扫房日；二十五，推糜黍（准备蒸糕）；二十六，去买肉；二十七，宰公鸡；二十八，白面发；二十九，蒸馒头；三十晚上熬一宿；大年初一姐拉弟弟扭一扭。"总之过了腊八，年味渐浓，离年越来越近，各家各户都按照当地的风俗大扫除、备年货，欢欢喜喜迎新年。

过去生活困难的时候，过年叫年关，因为过年时花钱的地方多，父母就得精打细算地计划着每一分钱的用处。现在生活好了，物资充盈，这才叫过年。

我的家乡鲁北地区，到了腊月二十三，俗称小年，家家户户开始忙碌起来。"腊月二十三，掸尘扫房子"，这是老辈传下来的习俗，一直到现在大家都保留着这一习惯。小的时候，到了小年这天，家家户户晒被褥，对院落进行大扫除。将居住的房屋内的物件搬到院落，将房屋彻彻底底地打扫一遍，哪怕是犄角旮旯也不放过，其用意是要把一切的"穷运""晦气""不快"统统扫出门。如今，尽管大家工作都比较忙，但大都还是从小年这天开始，家家全员齐参战，各负其责，对卧室、厨房、客厅、卫生间进行大扫除，有的甚至请来家政人员帮助打扫。每年从农历小年到除夕，是每个家庭集中打扫卫生迎接新春的日子，我们民间把这段时间叫作"迎春日"，也叫"扫尘日"。无论南方北方，在春节前扫尘是勤劳的中国人素有的传统习惯。

也有传说腊月二十三是灶神上天汇报一年工作的日子。俗语说："上天言好事，回宫降吉祥。"从送灶神之日起，到除夕接灶神前，家家户户都打扫得干干净净，如若哪个家庭懒惰，不打扫卫生或者打扫卫生不到位，灶神就不进宅。人们清扫灰尘、清理蜘蛛网、晒被褥，将整个家庭打扫得整整洁洁。这也符合现在的文明城市创建需要，也是文明家庭的需要，更符合现代人干干净净迎春节的时代需要。

腊月二十三，是我们当地的北镇大集，过了二十三，下个集就是二十八，这两个集的日子离春节最近，也称年集。赶年集的人们购年货、买鸡鱼、买鞭炮、买年画、买对联，车水马龙，好不热闹。

在我们的堡集镇（现在的三河湖镇）敬老院，每年的腊月二十三小年这一天，这里人头攒动，出现了排队捐款捐物助老献爱心的长龙。我作为一名广播电视记者，连续几年亲眼见证了堡集镇敬老爱老的火热场面。

自 2000 年开始，堡集镇敬老院走以院养院的路子，敬老院由 6 间房的旧院落，发展成为农副业年收入 10 万余元，拥有固定资产 185 万余元，房屋 100 多间、设施齐全完善的养老基地。原堡集镇敬老院院长冯学忠的事迹在当地传为佳话。堡集镇党委、政府为办好养老事业，热心助老，每年腊月二十三这一天，班子成员带队，倡导全镇党员干部、各站所、乡办企业到敬老院开展捐款捐物热心助老活动。我作为新闻记者每年都参与采访活动，这对我的触动很大。从此，我也积极参与助老活动。每年的八月十五、腊月二十三、除夕、春节，来到敬老院和老人们一起包饺子、拉家常。

腊月二十三这天，我会早早地来到堡集镇敬老院，等待采访堡集镇干部职工捐款的活动。在活动还没有开始前，我到敬老院的房间里和老人们拉家常、谈感受，到食堂里看老人们一周的食谱，看老人们的年货供应情况。老人们会打开话匣子，向我夸赞他们的好院长，称赞堡集镇领导群众如何关注他们的生活等。特别是他们在院长的带领下，还去了天安门广场。从他们的言谈举止中，从他们的灿烂笑脸上，就能知道敬老院的生活是多么幸福。

年年岁岁春节近，欢声笑语出院中。这么多年来，一提到堡集镇敬老院，小脚的大娘、勤劳朴实的大爷，那些熟悉的面孔如过电影般在我脑海里闪现。转眼又是一年，今年的春节如何过？在我的脑海里已经有了计划！

在岗位上过年

时间过得真快，今天是腊月二十六，再过几天，又要过年了。

年，在我的记忆里，有在老家过的，有在部队过的，有在企业、工厂过的，还有在工作岗位上过的。有陪着家人过的，有陪着战友过的，也有陪着敬老院的老人过的。每一个年对我来说，各有不同。有几个年，给我留下了深刻的印象。特别是我从事广播电视新闻宣传的日子里，陪家人在家过个年，那几乎是奢望。那几个年，我大都是在工作岗位上度过的，一年到头忙忙碌碌，一年一年地过得真快呀。转眼间，我到滨城融媒从事新闻宣传工作30年了，在这30年的时间里，我拥有了多个岗位过年的经历，特别是我任新闻部主任、副台长的那些年，我把春节的时光都奉献给岗位，都奉献给了我心爱的新闻宣传事业，在岗位上过年，充实又快乐。

与新闻结缘，就注定不能按部就班地上下班。我们不是在新闻现场，就是在新闻采访的路上。既然选择了新闻职业，就要为新闻奉献一生。作为县级新闻媒体人，能正常上下班是很少的。2005年，当时我们的新闻部也就是十几个人来七八条"枪"，所谓的"枪"就是新闻采访摄像机，达不到每名记者一台。人手也不多，为了赶制每天15分钟的新闻，人员都连轴转，可以说是起早贪黑，搭进了双休日、节假日。尽管如此，每天依然不敢有一丝的放松和懈怠。好在我们的辛勤劳动换来了佳绩，每年年终的奖牌、证书就是对我们的鼓励。

领导的关心和表扬给予我们极大的鼓舞。每年春节前，一般是大年三十，区领导都会前来慰问我们节日值班的记者、编辑，令我们备受鼓舞，总有一股使不完的劲儿。领导到来之前，我们将单位打扫得干干净净，布置得焕然一新，挂上红红的大灯笼，欢欢喜喜迎新春。领导到来后，和记者编辑逐一握手问好，并对一年来的工作给予充分肯定，提出新的目标和希望。每年的领导慰问，都是对我们每一名记者、编辑的极大鞭策。

说实在的，当时的新闻设备少，工作量大，大家都是排队用机器设备，如果想拿出精品，大都是靠晚上加班完成的。作为一名记者，时刻都要有敢于吃苦和奉献的精神，没有做过记者，就很难体会到记者的苦衷和艰辛。有时同事们在一起开玩笑说记者"起得比鸡早，睡得比狗都晚"，这话确实不假。为了抢一条线索，连早饭都顾不上吃；为了第二天出稿，可能还要通宵写稿；每次重大节日，在人们与家人团聚享受快乐时，记者可能还在工矿企业、社区、农村或其他地方，在为第二天的稿子忙碌着，为的是能够在第一时间将新闻传出去。

《滨城新闻》每天一期，需要大量的稿件，新闻记者人手少，每人每天需要采写两条以上稿件。我们在完成新闻工作的同时，还积极承担单位的其他应急工作，譬如综艺节目的录制和文艺晚会的录制，等等。每天起早贪黑，晚上加班加点。新闻的后期编辑制作人员每天要加班两小时，工作繁忙又紧张。但一想到自己是一名记者，都毫无怨言。记者就是这样，苦累并快乐着。

我在新闻战线上工作的这三十年来，大大小小的采访经历了不少。参加过全国的会议报道，采访过诸如著名的豫剧表演艺术家常香玉、工人诗人陈满平、全国学雷锋先进个人毛允华等先进人物，先后在《中国青年报》《中国体育报》《中国人口报》《中国少年报》《西藏青年报》《株洲日报》及《现代交际》杂志等国内报刊发表作品。特别是在滨城广电工作期间，我深入各乡镇的田间地头、工矿企业一线、居民家中，采写了大量的广播稿件、录音报道，拍摄了许多好题材的电视新闻、专题，受到了社会各界的好评。回顾这些年的工作足迹，报社繁杂的文字、广播音像费心的整理、电视记者雨雪天拍摄的艰难，深深留在我的脑海里。

过年，对我来说，只是亲人团圆的一个象征。作为记者和编辑，我们没有太多的概念。俗话说："干到腊月二十九，吃了饺子再下手。"春节为了给广大观众提供优质的精神食粮，我们的记者、编辑、主持人深入乡村、田间地头、公园书店、景区景点，采访当地群众欢乐祥和过大年的节日盛况。我们早策划、早部署、早动员，我们的记者除夕夜和敬老院里的老人过大年，大年初一早早地采访环卫工人，大年初二采访媳妇回娘家的喜悦心情，大年初三在文化馆、图书馆、书店，广大市民过年不忘"充电"学习，都是我们采访的鲜活素材。

作为一名记者，不忘初心，牢记使命，才能最终赢得人们的信任与支持，才能无愧于"记者"这个称谓。现在已是媒体融合的新媒体时代，我们每个人都是新媒体记者。"记者"的称谓折射着神圣与荣光，记者的职责蕴涵着公正与刚强！选择了记者这个职业，就要无私奉献；从事了记者这个职业，就要敬业爱岗！

今年的春节，又有很多同事在岗位上过年。我想：你和我当年一样。过年，在岗位上。你就是不一样你，因为你是记者，你有你的梦想……

过年与连襟对饮

春节临近，和连襟通电话，约时间一起去看望岳母和给岳母送些年货。

大家知道，连襟，也称一担挑、连桥，实际是媳妇姐妹的爱人。不过现在连襟代表的就是姐妹各自丈夫之间的关系，就像姐姐丈夫和妹妹丈夫两人的亲戚关系。我和连襟认识有二十几年了，从孩子的姨与他谈恋爱开始，我们便相识了。由于都有当兵经历，加之又都有军人特有的刚毅与豪爽，我们俩人投缘，很谈得来。我在部队服役期满后回到家乡工作，我的连襟则一直在部队服役，由士兵到军官，在军营摸爬滚打了十多年。我们走得近，谈得来；谈得来，走得更近，情似亲兄弟。

每到春节，我和连襟都要对饮。我们哥儿俩有一个不成文的规矩，那就是春节到岳父家拜年之后，回到我家，我都会下厨炒几个拿手好菜，拿出备好的年货，与连襟对饮，从他们结婚到现在，年年如此。

春节前约定好过年到岳父家拜年的日子，主要是为了错开春节值班。到岳父家拜年，一般是初四或初六。我们这边习俗，女儿女婿过年后第一次回娘家一般都是双日子。前些年是各自骑自行车，后又骑电动车、摩托车，到现在开小汽车，农村的规矩多，女婿到岳父家拜年，还要到岳父兄弟的家中拜年，春节家家户户都准备酒菜，到了谁家都会端上酒菜，沏茶倒酒，我是妻子家的大女婿，不好推脱，都会象征性地吃点儿喝点儿，以表示尊重。连襟就会找出理由不喝，他要回来和我对饮。我喜欢连襟的风格，快人快语。

从认识连襟到现在，我们哥儿俩喝酒的次数不计其数。其实，酒是引子，主要是借酒说话聊天。我们酒少喝，话多聊，从部队聊到地方，从地方聊到部队，无话不谈，谈理想、话未来，谈人生、互激励，谈友情、讲孝道。我佩服连襟永远保持一股昂扬向上的拼搏精神，从他的身上我找到了很多闪光点，尽管我年长他两岁，但我们哥儿俩非常团结，家里的大事小情商量着，相互补台，相互激励。以前如此，现在更是如此。

后来，连襟从部队转业到城市管理部门，我们聊天的话题也转到如何提升城市品位，市民素质如何提升方面。其实这些已不再是高大上的问题，已关系到千家万户，关系到市民个人，甚至是我们做家长的如何教育孩子、如何给孩子做表率的问题。

酒没喝多少，话聊得却投机到位，我们哥儿俩经常是小酒一杯，聊到深夜。在家人朋友看来，我们不是兄弟胜似兄弟。

《学习强国》开辟了"春节印记"征文专栏，我和连襟都积极参与，在工作生活中更是相互鼓励。我们把每一个春节都作为新的开端，相互激励着，一年一个新台阶。

春节如期而至，我们迎接的方式不同；在这充满欢乐祥和的团圆节日里，红灯笼、红对联、红窗花；处处是中国红。我准备好酒菜，等待连襟节后到来开怀畅饮，谈理想，谈人生。

看电影

万达广场开业，我和女儿到万达影城 IMAX 体验场体验了一把。IMAX（即 Image Maximum 的缩写，意为"最大影像"，是一种能够放映比传统胶片更大和更高解像度的电影放映系统。整套系统包括以 IMAX 规格摄制的影片拷贝、放映机、音响系统、银幕等。标准的 IMAX 银幕为 22 米宽、16 米高，但完全可以在更大的银幕播放，而且迄今为止不断有更大的 IMAX 银幕出现。体验场 400 多个座椅座无虚席，第一次观看体验电影，特别是体验 2D 和 3D 电影片花。场面震撼，影像效果极佳。观影结束，还在久久回味那难以忘怀的惊心动魄的场面。

电影，伴随着我们从童年到现在，几经演变。细数电影的发展，我的思绪渐渐打开……

儿时，我们看的是露天电影。每到晚上，放映队早早地赶着毛驴车将放映设备运到村里，大队部在大喇叭里播放放映通知。四邻八乡的群众早早地吃过晚饭向放电影的村庄聚集。"看电影了！"孩子们高兴得放学后顾不上吃饭，到家拿上干粮边吃边往放电影的地方赶。

年龄小的愿意跟着年龄大的哥姐去看电影；年龄大的嫌带着年龄小的是累赘，总是想方设法逃掉。年龄小的只好约几个小同学结伴而行。到周围的村庄看电影，最远不过三五里路，路上又没有汽车，沿着庄稼地里的小道就能到达，有伴同行，家人也放心。我小时候也是如此，总想跟着哥哥去看电影，哥哥比我大十一岁，却不愿带我同去，我只好约别的小伙伴们一起去了。

放电影，一般在村中的场院或学校操场上，先挖两个深坑，将两根粗竹竿或两根上好的檩条竖起来，再将深坑填土夯实。两根檩条中间挂上幕布，在空地的核心位置摆放上放映设备，接好电源，进行调试后，等到天黑，看观众情况开始放映。有时为了节约资源，两个放映点要交换影片，由专人等着传送胶片。也有传送不及时误场的时候。但观众都会焦急地等着，不会离场。

看电影，也许是当时农村群众最好的业余文化生活。起初，农村没有电视，只有等着放电影了。因此，只要有电影放映，周围村庄的群众就都来观看。有时，一场电影观众有几千人。放映场地小的，连幕布反面（后面）都是观众。尽管字幕是反的，大家照样看得津津有味。

那段时间，经常放映的大都是《小兵张嘎》《地道战》《地雷战》《南征北战》等故事片。

有的观众看电影去晚了，不知道电影片名，文化水平又不高，只是看热闹罢了。看电影归来，问："今晚放的什么电影啊？"回答："很好，花花绿绿，出来进去。"

夏天放电影，都是在外面，一般选择在学校或宽敞的街道后面的一面白墙上。电影银幕一扎，乡亲们便前来抢占观看位置。有时去得稍微晚点儿，已经有很多人摆上凳子，画上圆圈儿，甚至摆上砖头，把自家人的位置占好了。来晚的，只好另找地方，摆上凳子，画上圆圈儿后再疯跑着去玩。还有为了抢位置而吵架，甚至打架的。各式各样的木凳、椅子，地上画着的大小圆圈儿，以及满场疯跑的孩子们，场面很热闹，也很有趣。那时放一场电影，就像过年一样，有些人还跑着去叫附近村庄的亲戚来看电影，生怕错过了一场娱乐盛宴。

记得看《红牡丹》时，是我看电影走路最远的一次。我们村庄离放电影的村庄有八里地的路程。没到放学，同学们就相约晚上去看电影。放学后，到家告诉父母一声，拿上干粮，就和伙伴们去看电影了。小伙伴们在路上又打又闹，加之路程较远，到了放映场地，由于人太多了，只有看反面的份儿了。到房前屋后找块砖头，顺手抓把麦穰往砖头上一放，坐在上面美滋滋地看起电影来。

后来，农村条件逐渐好了起来。家有喜事，也有拿钱雇人来放电影。譬如，村支书的儿女结婚。由于村支书是村里的场面人，家庭条件又好，孩子结婚要头要脸，就拿出钱来联系放映队，响门（孩子结婚的前一天）的晚上放场电影，增加喜庆气氛。再后来，发展到老人过大寿、孩子过满月，条件好的村庄过年，都要请放映队来放电影。

电影陪伴着我成长。现在回想起来，好多电影的片名还记忆犹新。

我十八岁那年，光荣参军入伍。在部队的紧张训练后，电影则是很好的调味剂。大伙儿调侃，最爱听的话是"穿大衣，带马扎，楼下集合，看电影"。部队看电影，与在家看电影大不相同。

在部队看电影，都是列队集合、整队进场，站有站相，坐有坐相。战士们各自带着马扎听指挥员号令，依次进场坐下。在电影放映前的空隙，都要拉歌。"一中队呀，呼嗨，来一个呀，呼嗨。""一中队，一呀一中队，来一个。"各中队使出浑身解数拉歌。哪个队士气弱了，就要全体唱首歌。完毕，再相互拉歌。刘三姐调式拉歌等在部队广为流传。放电影前，歌声阵阵，颇为热闹。放映中，随着剧情的深入，铮铮铁骨的军营汉子有时也会湿润眼眶……

我们这一批已经是三十几年的老战友了。现在每次战友相聚，还都清晰地记得参军时在县城电影院看的电影《大阅兵》。影片中，军人为了参加大阅兵，刻苦训练，拔军姿，踢正步，每一个训练的画面还深深地印在我们的脑海里。记得当兵三十年纪念日，战友小聚，我们细细回忆了从军前从哪里集合，看的什么电影，当时的故事片如何如何，等等。

在部队里，我是连队的报道员，负责连队的宣传报道工作。那时部队里有上稿任务。我经常出入各大报社。偶然的机会，我被安排在某国家级报社实习。当时有好多故事片首映式、故事片电影票送往报社编辑部。因我是单身，除采访、编稿外，不参与报社的其他活动，编辑部里的老师们都会把电影票给我，让我去看。我这才真真正正地开始出入电影院看电影。以前在家很少能够进电影院看电影，大都是观看露天电影。我慢慢地体会到看电影的乐趣，从此爱上看电影。

退伍回乡考入现在的新闻单位工作，还算是与电影有缘。和领导们到其他地方考察电影事业发展，有时也有机会进入电影放映厅，知道了什么是 3D 电影体验馆，也身临其境地体验过 3D 电影，还知道了农村电影放映"2131"工程（21 代表 21 世纪，31 为 3 个 1，即一村一月一场电影）。

随着电影事业的发展，各大影城已是年轻人的天下，很少看到五十岁以上的观众。每当有大片、贺岁片上映，座无虚席，甚至观影队伍排成长龙。

就在前些日子，我和妻子到电影城，看了一场电影《我不是潘金莲》。原来现在的观影小厅如此漂亮，多年不进影城的妻子发出惊叹。像《我不是潘金莲》多画幅电影如今并不罕见，但正圆正方的画面的确是首次出现在国内影院。这一形式得到大多数网友的肯定。影片中，有中国方与圆的智慧，也有传统窗面、扇面、园林等艺术形式的模仿与对照。

电影技术的创新，更重要的是要突破电影表现力的边界，为电影提供多种可能的视听体验。李安与冯小刚的创新之所以在业界得到基本的肯定，主要原因是外在形式的创新与主旨传达的相得益彰。

妻子看完影片抱怨："电影很好，就是音响太吵，我们这个年纪已不适合看电影了。"

我说："太吵，说明音响效果好，这已不是看露天电影的时代了，观众所需要的不正是高品质好效果所带来的观影效果和享受吗？"

随着时代的发展，我们这一代人淡出电影观众的行列，但蒸蒸日上发展的电影，越来越受到年轻人的青睐。你说，不是吗？看到年轻观众抢购到电影票的喜悦心情，还能说什么呢？

（此文于 2017 年 10 月 26 日获中共山东省委宣传部、山东省作家协会举办的"喜迎党的十九大"主题文学征文优秀奖）

土炕情怀

我出生在鲁北农村，从小在土炕上摸爬滚打慢慢长大，家中的土炕，深深地印在脑海里。每到严冬季节，我都会怀念有土炕的岁月。暖烘烘的土炕，温暖了我童年的记忆，也焙热了我的人生。

我出生在20世纪60年代，那时缺吃少穿，一家人睡在一个土炕上。土炕，是北方人用土坯或砖砌成的睡觉用的长方台。上面铺席子，下面有孔道，跟烟囱相通，可以烧火取暖。土炕一般在北屋的东西方向，整个土炕将北屋的南北端连在一起。土炕前盘灶烧火，炊烟通过炕洞穿越而出，一天做饭下来，整个土炕都暖烘烘的。谁家做没做饭，看烟囱冒没冒烟便知分晓。特别是傍晚，整个村子一到做饭的时候，家家户户炊烟升起，加之劳作的乡亲牵着老牛、赶着马车回家的场景，绝对是一幅美妙的暮归图。

我家的土炕在北屋的西端，南北相连，一家人挤在一个土炕上，过着日出而作、日落而息的生活。小时候，没有电灯、电视，乡村小伙伴们的"夜生活"就是捉迷藏。记得月光下玩捉迷藏游戏，要根据人员多少，分成两路，你藏我找。那时，藏的地方很多，什么玉米秸垛、麦穰垛、花柴垛，房前屋后，都是"藏"的好去处。夜，只有星光，随便一藏，都要找很长时间，疯够了，跑累了，就各自回家，洗洗脚，上炕睡觉。

土炕，也有炕头、炕尾之分。家里较小的孩子，一般会睡在炕头。炕头是锅灶烧火直通炕的方位，由于做饭烧火火苗率先经过，炕头是整个土炕最热的地方。那时，家里来个亲戚，都要让出炕头来让亲戚住，生怕怠慢了亲戚。

土炕晚上可以取暖，白天则是农村妇女劳作的地方。每到冬天，农村没什么农活，男劳力都要出河工（上夫）。那些年，为了来年有个好收成，趁着农闲时节，都要组织青壮年男劳力疏浚沟渠，修筑黄河大堤。在家的妇女就剥棉花，将生产队收完棉花剩下的棉花桃子（没有开的棉花）采回家，一点儿一点儿剥开，用手取出棉种，把棉花弹成棉絮做被褥。有时，生产队也会分点儿棉花或花生，妇女们都喜欢坐在炕上剥出来。

我们村属于棉区，村里的妇女冬天就坐在炕上纺棉花。夜晚，一家人躺在炕上，起哄着央求母亲讲"瞎话"。说是讲"瞎话"，其实就是讲故事。那时家里穷，怕浪费煤油，晚上舍不得点灯，大家吃饭后，就躺在炕上，等困了再睡觉。躺早了，睡不着觉，母亲只有讲"瞎话"哄孩子们睡觉。孩子们在不知不觉中进入梦乡，而且睡得是那样的香甜。

漫长寒冷的冬天，土炕给劳碌了一年的庄稼人提供了温暖的时光。父亲一直在乡镇工作，那时交通极为不便，尽管只有几十公里的路程，他也很少回家，吃住一般都在乡镇。只要回到家，我就嚷着让父亲讲故事，从父亲那里听到一些村庄外的趣闻。那时，我的活动范围只在本村、姥姥村和姑姑村，只有周末才去姥姥家、姑姑家串门，想到其他的地方去，都是奢望。

　　土炕，有我温暖的记忆。记得小时候，当地的孩子都是"穿土"长大的，我想"土生土长"也许来源于此。按照当地的习俗，孩子小的时候都要穿土。土是男劳力出河工挖出的沙土，细细的，在阳光下还闪着金光。这土，只有我们村西的总干渠上的最好。一般有孩子的家庭，将晒好的细沙土从总干渠选好推回家，拿专用盛土的铁碗盛满，放入灶火中，将土烧开，取出晾好，把土放在口袋里，等不凉不热时，再把孩子抱入口袋。孩子进入刚刚换好的口袋，高兴地挤眉弄眼，咯咯地笑。穿土的孩子屁股干爽，不会因为屎尿将屁股侵蚀，用不着现在小孩用的爽身粉，换土后浑身干爽。当然，父母不能偷懒，孩子在口袋里屎尿多了土更换不及时，孩子会哭闹不停，烧土换后就平安无事了。这时，将孩子放在土炕上，一玩就是好长时间。穿土的孩子有土口袋拽着，一般不会从炕上掉下来，大人看孩子也就轻松了些。邻居家的一个孩子，由于家里人口少，没人照看，父母出门前，给孩子穿好土放在圆形的筐里，孩子只能自己在筐里玩等家人回来。据说，孩子慢慢长大，不再"穿土"时，自己就能在地面上跑了。

　　尽管离开生我养我的故乡多年，进城居住生活已成习惯，但被柴火烟熏着的土炕，永远走不出我的记忆，永远是我美妙而难忘的情结。现在总感觉到自己生活在空中楼阁里，食，无故乡大家庭的饭味香甜，住，无大家庭里兄弟姊妹吵闹的生活踏实。

　　每当这时，我都会想起土炕，想起那片生我养我的热土……

打棉花柴

上个周末，岳母来电话告诉妻子："天冷了，家里种的棉花柴该打了，看你有没有时间，回家帮着干点儿农活。"当地人把棉花杆子收割回家称之为"打花柴"。

妻子尽管生在农村，长在农村，但从考上大学到毕业从教，就没在家干过多少农活。特别是结婚以后，只要娘家有农活，都会和我商量，叫我去帮忙干活。我和妻子是一个乡镇的，当兵前，我干过农活，又加之在部队锻炼多年，年轻力壮，有一膀子好力气。久而久之，岳母来电话催妻子回家干活，虽然没有直接叫我去干活，但有些农活还是要靠我去完成，有时妻子连地头也不去。

妻子对女儿说要去姥姥家打棉花柴。女儿一直在上学，没干过农活，只知道种棉花、拾棉花，还没见过打棉花柴。为此，临出门前，我向女儿解释了一番。

棉花种植，在鲁北地区较为普遍，我的老家也属于棉区。我对棉花有着深厚的感情，从小耳濡目染，知道种棉花的艰辛。没实行家庭联产承包责任制前，上坡干活都是集体出工，实行工分制。那时的我们，星期天或麦假、秋假要到生产队拾麦子，拾棉花，帮家里挣点儿工分，每当参加完劳动，都会感到无比的自豪。

由于长期在外工作，加之年龄的原因，现在干农活的机会越来越少了。按照妻子的吩咐，早早起来换好行头，准备好好大干一场。

不巧，天公不作美，正好赶上个大雾天。好大的雾啊，能见度只有几十米，只好摸索前行。到了岳母家，雾还没散去。连襟两口子也早早地来到岳母家。好在棉花柴不多，劳力不少。岳母看大雾不散，就安排三个女儿和面、拌馅、包饺子。吃过午饭，大雾渐渐散去，岳母带领我们来到棉花地。

说是棉花地，其实是岳母早先的苹果园地。这几年，随着城乡开发进程的加快，土地越来越少，岳母舍不得处理原先的苹果园，种植上枣树、香椿树，还有零星的几棵果树。在小枣树还没长成之前，岳母见缝插针，种上了棉花，经她老人家之手，棉花长势喜人。岳母说要趁着身体好，自己种点儿棉花，拾下来加工好，给外孙、外孙女留着絮被褥。

我和连襟用岳母拿来的"老虎钳子"（打棉花柴专用工具），开始打棉花柴。他年龄小些，没大干过农活，到棉花地里一看就犯愁了："这么多棉花柴，什么时间能干完？"凭我的经验，也就是一亩多地的柴子，用不了多少时间。我们开始干活，尽管是深秋时节，这天温度还可以，一会儿工夫，便汗流浃背。他却一个劲儿地提醒："我看干不完，干一半再说吧。"我也不吱声，静静地打着棉花柴。

思绪回到了儿童时代。那时候，在生产队里，前边壮劳力打棉花柴，我们小学生在后面装棉花柴，马车或牛车装平车以后，我们这些小男孩就被举到车上，在车上踩实棉花柴，然后一车一车地运到生产队的场院里。那时的集体劳动，现在回想起来，感觉还是很留恋的，一个生产队的人在一起干活，有说有笑，像一家人一样。

岳母看到我们说笑着打着棉花柴，赶忙送来热水，唤我们歇歇再干，别累着了。我们干干停停，边说边干，不到两个小时，一亩多地的棉花柴，都倒在了我们的"老虎钳子"下。

我和连襟会心地一笑，真没想到，这么快就完成了。

（此文发表于 2016 年 11 月 22 日《滨州文学》微信公众号）

故乡是一幅画

很久没有回到故乡了。父亲走了，母亲也走了，恍惚间，感觉故乡没了。回故乡的次数少了，对故乡的姐姐和父老乡亲的思念却在日益剧增。

周末吃过晚饭，和女儿交谈。谈及故乡，顿时，一股热流涌上心头。"孩子，你还记得老家的样子吗？"

每当想到故乡，儿时同伴的吵闹声就在耳边响起，乡里乡亲亲切地唤我乳名，袅袅炊烟的记忆挥之不去，那里的一草一木，绘成了一幅美丽的画卷。

我的故乡离黄河不到三里地，我们住在黄河大坝以北，祖祖辈辈耕种的庄稼地就在黄河岸边，这里靠天吃饭，黄河涨水时就会把黄河滩里的庄稼淹没，人们辛苦一年却见不到收成；有时风调雨顺黄河不发大水，庄稼就长势好产量高。我在农村老家生活了十八年。家，是避风的港湾，也是我记忆清晰的根据地。那里生长着我的父辈兄弟姐妹，那里有与我同吃一口井水长大的儿时玩伴儿，那里有我童年、少年成长的无数乐趣。

我家在村的东南角上，家境不是很好。在我幼小的记忆里，我们家只有一排北屋，其实是三间北屋，以后又增盖了两间。矮矮的院墙不足一米高，后来才修的门道，安装的木门。到哥哥姐姐渐渐长大后，我们才盖上了东屋。随着时代的变迁，在20世纪

90 年代初期，哥哥把老家这个院翻盖成现在的四合院。

我和孩子边说边聊，为了更形象些，我就拿出笔向孩子描述我过去的老家，并在有水有树的地方标记出来。

小时候，我感觉故乡的房子破旧，位置也不算很好，但现在回想起来，还真是一块风水宝地。家在村子的东南角，东边没有住户，不到两百米就是庄稼地，家门口不远处有邻居家的两棵老枣树，枣树下面是一条沟、湾相连的水面。每到农历七月十五后，大枣开始泛红，渐渐地红得诱人，有调皮的孩子从树下经过，忍不住要拿起砖头瓦块，扔到树上打下几颗红枣，不管干净不干净，用手一擦便放入口中，从孩子的脸上就不难看出红枣的香甜。从我家到庄稼地有一条羊肠小道，不下雨还好，村民们可经过我家门前到地里干活；遇到下大雨，水淹没小路，村民们只有绕道前行。家的南面是一个湾，湾不是太大，但一到夏季，雨水大的时候，足有两米多深。湾里平时积水较少，夏天我们可以在里面洗澡，有时也会摸到几条小鱼；雨季来临，湾里的水深，大人就看管得很严，不准我们下水洗澡了。吃过晚饭，附近的邻居就会聚集到湾边闲聊乘凉。伴着阵阵蛙声、孩子们的嬉笑打闹声，农家田园生活甚是惬意。

从我家往西，是一条贯穿村南北的主要大道，南北长大约一公里。当时我们村有四个生产小队，一队在西，二队在东，三队在北，四队则是在一、二、三队中间的苹果园以北，所以说我们村南北较长。中间的苹果园面积较大，种植的苹果品种好，产量高，远近闻名。外村人将生产小队称为大庄、小庄，还有的将我们四队直呼为小北坡（小北庄）的。

我家的地理位置不错吧？家只有北屋，北屋门前是两棵梨树。到现在想起那两棵梨树，梨子的香甜味还馋得我直流口水。梨树不算太大，结的梨却很大，大的一个要在七八两左右。俗话说"七月苹果八月梨"，每到八月十五前摘下来，那个甜啊，现在吃什么梨都赶不上那种口感。

我家南面湾的西岸是一片小树林，主要是槐树，每到夏季，是捉蝉的好去处。平时晚饭前后手拿刮铲，看到像蝉窝的地方就刨，有时也有看走眼的时候。但到雨过天晴，小树林里的积水还没有完全退去，这时候是捉蝉的最佳时机。有的蝉就躲在水涡里，有的爬到树上。在地上寻找蝉窝，很见功夫，有时一些蚂蚁窝会迷惑你的眼睛。当发现一字形的划痕窝时，绝对是蝉还没有爬出来；也有一些新鲜的窝痕，就是蝉刚刚爬出；只要静下心来，仔细搜寻，蝉就在不远处，也许刚刚爬到树下。有时为了多捉些蝉，我一放学到家就拿块干粮参与到捉蝉的队伍中。有时捉蝉的队伍很庞大，晚上都拿手电筒捉蝉，远远望去，电光闪闪，几束电光与夜空遥相呼应，是夜晚一道美丽的风景。

我一边讲着一边画着，眼前是一幅美妙的画卷。我和孩子说着，旁边的妻子也听得入神，"原先只知道各家各户都很穷，没想到，你穷得很滋润啊！能把一个穷家，描述得如此美丽"。妻子和孩子听了我的描述，看着我手上的标记，感叹道，原来故乡如此地美。我接过话说："是啊，故乡就是一幅画，在我的心目中永远是最美的，永远都有画面感，故乡的炊烟，暮归的孩子和老黄牛，还有肩挑井水的乡亲，还有车载丰收的驴马车，还有一家人在门口灯下一起吃饭的美好场景，永远都定格在我的记忆里……"

妈妈教我的手擀面

我从小生活在鲁西北，习惯了四季分明的气候，习惯了家乡的美食。我尤其喜欢妈妈做的手擀面。清晨起来，来上一碗炝锅手擀面，吃得热乎，新的一天便充满朝气。阎维文在歌中唱道："你入学的新书包有人给你拿，你雨中的花折伞有人给你打，你爱吃的（那）三鲜馅有人（他）给你包。你委屈的泪花有人给你擦……"我还想加一句，你爱吃的手擀面，有人给你下。手擀面之所以好吃，是因为手擀面里包含着母爱，包含着乡愁，包含着亲情。

我喜欢吃手擀面，是从小时候开始的，那时我的体质不是很好，容易患感冒，因为俗话说"头疼脑热，面汤一顿"，在我的家乡，手擀面俗称面汤。手擀面的做法简单，将面粉、水调制成水调面团，饧十几分钟备用。取一块面团，用手揉均匀，然后平放于案板上，用擀面杖向四周用力擀开成片状。待面块擀制到一定的程度时，将擀杖卷入其中，用面紧紧包裹在内，并用手反复向外推卷。如此几次后，将其展开，撒上适量的干面粉，从另一个方向把擀杖卷入其中，进行推卷操作，然后再展开，撒些干面粉。直至将面团擀成薄片。将擀好的面片用刀切成细条状的面条，下入沸水锅中煮三五分钟，就可食用。

我母亲是做手擀面的高手。那时家里穷，兄弟姊妹多，想吃一顿手擀面也非常不易，大都是吃一种用玉米和面做成的杂杂汤，把玉米面揉好切成方块状，再在玉米面外面搓上面粉，吃起来味道还不错。就是这种面那时也很难吃到。大都是吃地瓜面、高粱面，能够吃上玉米饼子、玉米窝头已经是很幸福的事情了。

随着社会的进步，家庭也随之变化。等我哥哥参加工作后，姐姐也能参加生产队的劳动，我和妹妹也能为这个家出力了，加之父亲在外地工作有固定的工资，日子一天天好了起来，吃手擀面的机会也随之多了。

每当父亲回家，母亲总会给我们做一锅手擀面，一是犒劳在外工作的父亲，二是给我们一家人解解馋。一大家人在一起很热闹，其乐融融。和面，擀饼，切面。可千万别小瞧这家家户户都吃的手擀面，要想做好也是一件不容易的事情。每道工序都有讲究，面要和硬，不能和得太软，俗话说，软面饺子硬面汤；擀皮要均匀，越薄越好；切面要一致，宽细要统一；做面时用葱花炝锅。现在回想起来，还馋得要命。

我喜欢吃面，也会做面。起初，母亲不教我做面，说小伙子学做面，会做饭，娶了媳妇，肯定会怕老婆的。母亲的思想还真有点儿封建。我爱吃面，她老人家就给做，但不让我学。20世纪80年代我参军到了部队，部队有个好风气，那就是帮厨。战斗班的战士抽时间到食堂帮助劳动。当然，我也不例外。渐渐地，我对做面食有了兴趣，慢慢学会了蒸馒头、包饺子。俗话说，艺不压身，学会了这些，还真不错，在以后的家庭生活中能大显身手。就拿蒸馒头来说，我蒸馒头速度快，揉面用力，可以一手一个，同时揉出两个馒头，揉好后上屉蒸出的馒头样子好，筋道，还好吃。从部队复员回家，只要春节放假，一家人都让我负责蒸馒头。

为了学做手擀面，我利用回家探亲的机会，缠着母亲教我做手擀面。母亲还是不大情愿，我软磨硬泡，告诉母亲我学会了做手擀面，方可到部队大显身手，给战友们做上一锅香喷喷的手擀面，说不定还能提高战斗力呢！母亲见拗不过我，就手把手地教会了我。虽然学会了这么一门手艺，但不经常用。到部队后，我做过几次，战友们都夸我手擀面做得好。特别是有战友生病时，都会让我给他做一碗炝锅面。记得 1994 年，北京的战友、我的老队长来滨州征兵，联系到我，提出一个条件，要吃我做的手擀面。我爽快地答应，邀请他来家做客。和面，擀饼，切面，一套程序下来，干净，利索，让老战友看得心服口服。当香喷喷的手擀面端到他面前时，他拿起筷子，高兴地挑起面放在口中，一个劲儿地夸："好！好！好！"

我做面食不光得到战友的认可，也时常得到家人的褒奖，自己心里也美滋滋的。家人说好吃，就是对我的鼓励。只要我在家，就给家人做饭。炒菜，做饭，我全包了，谁让我做的饭菜好吃呢！

从小习惯了吃母亲做的手擀面，每过一段时间，我就让母亲做一顿手擀面吃。记得小时候的夏天，一家人围坐在院子里靠北屋门口的电灯下，打开收音机，听着父母爱听的吕剧唱段，等着母亲做手擀面。母亲从东屋的伙屋（厨房）用大锅做熟手擀面，盛在大饭盆里端出来晾着，我和姐姐早早地剥好蒜瓣砸成蒜泥，加入酱油香油调好后放在饭桌上，按人数盛面，一人一碗。哥哥身材高大，吃起面来也是那样豪爽，一碗面，一勺蒜泥，满头大汗，嘴里不停地夸奖娘做的手擀面好吃。我们姊妹几个也不示弱，吃完一碗再来一碗，一家人有说有笑，不一会儿，一大锅手擀面便不见了踪影。

我非常怀念那段美好的时光。可岁月不等人，时光催人老，母亲到了八十岁，我们便把她老人家接到城里居住，离我们兄妹近了，照顾起来方便。母亲因身体的原因，吃软食较多，面条、手擀面是母亲每天赖以生存的主食。为了让母亲吃得好，吃得舒服，我常常做手擀面。母亲吃的手擀面，不同于家人吃的面，母亲吃的面要为她老人家专门做。

母亲对做面的细节非常重视，我每次做手擀面，只做够她一个人吃的，多了母亲怕浪费。因为做的面分量少，和面是技巧，一点儿面，放一点儿水，我喜欢用筷子调，然后揉面。将面揉好后，母亲站在一旁看我擀面。那场面至今还历历在目。可惜母亲于2017年走了，我每当想起，心里总是酸楚楚的，眼泪会禁不住慢慢地流下来。有母亲真好，有母亲的陪伴，总感觉自己是一个孩子，周末或工作之余听听母亲的唠叨，那真是一种幸福。

母亲走后，我总是没着没落，有一种无家可归的失落感，尽管在自己的小家庭里生活得很好，但总是感觉有自己的小家，再有母亲维持着一个大家，那是多么幸福，多么美好。

每当我想念母亲，总会写一首小诗，把思念融进诗行。现在我有时在早上或者晚上，自己慢慢地做一顿手擀面，在擀面的时候，总觉得母亲就在身边，一边看着我擀面，一边指点着……

您牵我手，跌跌撞撞长大

我牵您手，岁月沧桑变老

手撒开了，我好想妈妈

现在我有时也做手擀面吃，一是思念母亲；二是向老婆孩子展示一下精细的手擀面。

自从母亲年迈时只吃面条和手擀面开始，在母亲的监督和指导下，我做手擀面的技术又提升了一个档次。每当早上我为妻子女儿做出手擀面时，女儿总会发出由衷的赞叹："爸爸，你擀的手擀面已经是精细的面条了，你擀得太好了。"妻子更是打心眼儿里佩服："你的面食水平太高了，等你退休了，我们去开个面馆吧"。我知道我就是一个干活的命，禁不住几句好话夸赞，每天乐意这样给家人做饭，生活充实，忙碌并快乐着！

陪伴母亲最后的日子

　　母亲于 2017 年 12 月 15 日晚 10 时因病医治无效，与世长辞。在母亲最后一次住院的 12 天时间里，我天天陪伴着母亲，直到母亲安详地离开我们。我含着眼泪写下此文，以示悼念。祝母亲一路走好，在天堂里和父亲过得更好……

　　在母亲离世的最后几天，我不得不说说我们家聘请的保姆。说起保姆，我怎么也不敢相信，像我们这样的家庭还会聘用保姆，脑海里有保姆的家庭都是富贵人家。起初，父母健在，我们兄妹因上班工作较忙，只有周末才有机会陪伴父母，便有将父母送敬老院安享晚年的想法。可谁知，一提出来，父母都不同意，有儿有女绝不上敬老院养老。直到两年前的腊月，父亲因病去世，家里只有八十多岁的母亲，嫂子便和我们姊妹几个商量要轮流照顾母亲。

　　父亲生前将母亲照顾得无微不至，烧水做饭等家里的事务都是父亲大包干，母亲只图个清闲，就连液化气打火灶都不会用，手机电话也不会打。我们把母亲一个人放在老家实在不放心。姊妹们商定轮流上门照顾，一家一个月。母亲身体还算健朗，就是冬天怕冷，进入冬季就不敢出门。但这样也好，避免在外吹冷风冻感冒，她爱惜自己的身体，行动方便，完全可以自理，只要到了吃饭的时间给做好饭就行。

　　那年的八月十五，母亲吃东西出现呕吐、难以下咽等症状，急忙将母亲送到医院检查，原来是母亲的食管出现了问题。我们隐瞒了病情，只是告诉母亲胃病而已，慢慢就会好起来的。

　　医生给母亲在食管内放了支架，临时解决了吃饭难以下咽的问题，能慢慢地吃些流食。出院后的母亲，身体开始虚弱，大不如从前。母亲自己在家我们做子女的更不放心，天天和母亲软磨硬泡，时常灌输聘请保姆照顾母亲的想法，可能是身体的原因，母亲不像原先那样坚持了，我和妹妹便联系家政公司，想聘用一位保姆来照顾母亲。

　　几经考查，选择了滨州好大姐家政公司，聘请了保姆程大姐。程大姐比我们大不了几岁。说起来也是缘分，母亲和程大姐一见面说话投机，两人聊得来。就这样母亲和程大姐居住在我们为她租赁的楼房里。为了母亲进出方便，租赁的楼房是带电梯的小高层。我和妹妹轮流给母亲送菜，吃的用的购买得十分齐全。

　　程大姐照顾了母亲一段时间，我们很满意，主要是母亲好伺候，给做啥吃啥，能将就不讲究，用母亲的话说，到吃饭的时候能吃到热汤热饭就可以了。母亲是挨过饿的人，深知现在的生活来之不易，时常教育我们和她的孙子孙女要珍惜现在的幸福生活，不能忘本。

　　母亲和程大姐无话不谈，俨然是一家人。看到程大姐细心地照顾着母亲，我们也拿程大姐不当外人，周末或者平时，只要我们去母亲家，就让程大姐休息，饭菜由我们来做，有时买点儿母亲爱吃的锅子饼和鱼肉之类的饭食，大家一起吃。

　　说实在的，我是兄弟姊妹中唯一一位男士，哥哥在三年前因病走了，我还存在男女有别的老思想，只有姊妹都来时，我才在母亲那吃饭久坐。平时程大姐和母亲在家的时候，我都是看看她们还有没有什么需要，听听母亲和我唠唠家常，我就回家。母亲知道孩子们都忙，只要是我们去了，她把该说的赶紧说了，说完就撵着我们走。我吃程大姐做的饭菜较少，感觉每次去程大姐做的饭菜色香味还是很好的。

　　程大姐每天将房间收拾得干干净净，当然平时只有母亲和她在家也比较好收拾。母亲是一个极爱干净的人，什么东西放得都有顺序，什么东西放在什么地方，用完后必定放回原处。特别是她用的小手绢，洗了又洗，干净地一块一块叠得整整齐齐。

　　我和姐妹们对程大姐的好感在母亲最后一次住院时，简直提升到了极致，就连姐姐妹妹也自愧不如。

　　就在母亲最后住院之前的二十天，母亲因身体不舒服到医院进行治疗，程大姐每天陪伴她打针吃药，端屎端尿，从不嫌弃屎尿脏臭。我在照顾老人的问题上看到了程大姐的人品，看到了家政公司的优秀管理水平，更看到了未来养老事业的希望。

　　母亲在住院前，有一天按惯例程大姐休假，晚上我去陪母亲。母亲晚上睡觉很少，不到两个小时就起来一次，每天需要在凌晨三四点加餐。说是加餐，就是做点儿面粥，烧开水加点儿面做成粥。这次也不例外。深夜，我看到母亲亮灯，就过去看看她有什么吩咐。母亲晚上睡不着，起床坐在床上收拾手绢之类的东西，一会儿睡下不到两个小时，又起床收拾。我想大概是年龄大了没

上　篇

有多少觉，只有这样打发时光吧。凌晨三点多钟，我给母亲做好面粥，母亲喝完后又睡下了。不到早上六点钟，我看到母亲房间的灯又亮了，我便起床来到母亲的房间。母亲说今天身体特别舒服，感觉有力气，居然自己从房间走到了客厅。母亲最近十几天走路一直需要人搀扶的。

母亲也感到很意外，浑身轻松，自己走到客厅都没有喘气。多少天都没有的事！前段时间，她走几步就喘，她说这是老年病。今天绝对是个惊喜。

母亲知道我周一上班比较忙，就说让我去买包子小米稀饭，平时程大姐在家都是吃手擀面的。我买回包子稀饭，母亲只喝了一口稀饭，便开始呕吐，吐痰。我把母亲抱到床上。这时，姐姐来了，嫂子来了，妹妹也来了，看到母亲这种状况，就联系医院，赶紧把母亲从家中送到病房。

当时真的吓人，母亲的手脚冰凉，浑身发冷，心跳150多次，血压73/54。娘啊娘，您这是怎么了？我们静静地守在病房，静待医生神奇的力量。好在医院医生经验丰富，护士把强心针注射进母亲的身体，我的娘又回到了我们身旁。

程大姐休完假回来，看到母亲的模样，眼泪两行，说什么也不离开母亲，和我们做儿女的一样，日夜守护在病房。我们劝大姐回家休息，大姐说就是我回去了，也休息不好，心中惦记着病房里的大娘。就这样，我、姐姐和程大姐三个人日夜守护在病房，嫂子每天骑电动车前往，妹妹处理里里外外的事情，妹夫不管白天黑夜送饭到病房，目的只有一个，让母亲尽快康复。

　　程大姐在我母亲最后的日子里精心照护，使我们备感欣慰。姐姐说真的得感谢程大姐，我们不会照顾病人，程大姐有照顾病人的经验，让老人在医院里少受了很多罪。比如如何让老人翻身舒服些？久躺容易起褥疮，怎样预防？程大姐和我们一样，在母亲最后一次住院的十多天时间里，没白天没黑夜，顾不上休息，眼睛都熬红了，还患了严重的感冒，仍没有一句怨言。

　　我们家人被程大姐的一举一动所感动，为有这样好保姆、好大姐的家政公司所骄傲。程大姐尽到了一名保姆的责任，不，远远超出了保姆，不是亲人胜似亲人。我告诉妹妹做一面锦旗，送给家政公司："精心照护，胜似亲人。"不为别的，让更多的老年人放弃后顾之忧，有家政服务一样可以放心，因为我们这个社会，每一名公民都尽职尽责，不忘初心。

　　我忍不住内心的悲痛，含泪写此短文，以悼念我伟大的母亲，也表达对保姆程大姐的衷心感谢。

　　愿母亲一路走好！

　　愿程大姐好人一生平安，在家政事业的道路上走得更远，事业上美梦成真。

家长里短话家风

家是什么？无论走多远，走多久，永远都走不出你的家。家就是根，是我们一生安放身心的地方。家风又称门风，指的是家庭或家族世代相传的风尚、生活作风，也是一个家庭当中的风气。家风是给家中后人树立的价值准则，家风有一种潜在的无形力量，和睦的家庭都有良好的家风。

夜晚，远方的老家经常走进我的梦里。窗外的鸡鸣、犬吠，大人吆喝孩子回家吃饭的声音，在耳边回响。夕阳下，暮归的老牛，一起割猪草回家的同伴……家，一幅幅生动的画面，在脑海里翻滚。说白了，家就是脉，流淌着爱的本能和基因，是血浓于水的亲情，那里有我们美好的童年，是我们的精神支柱，是我们避风的港湾，让我们懂得了什么是思念，什么是牵挂，懂得了什么是包容，什么是关爱。在这个世界上也许只有家，对我们才能这么宽厚和容忍。

家就是根，家也是续，一种文化的延续和继承。家是中国人安身立命之处，它是包罗文化密码的中国书本，是建立在中华文化之根上的集体认同。家风传承，影响一个人的一生、一个家庭的现状和未来、一个民族的传统与创新。中华民族自古以来就重视家庭建设，注重家庭、注重家教、注重家风，涌现出众多彪炳千秋的人物，流传着许多脍炙人口的故事。

　　家风，如同一个人有气质、一个国家有性格一样，一个家庭在长期的延续过程中，会形成自己独特的风尚习气和风貌。这样一种看不见的精神风貌，摸不着的风尚习气，以一种隐蔽的形态，存在于特定家庭的日常生活之中，家庭成员的举手投足，无不体现出这样一种习性，这就是家风。可以将家风理解为家庭的风气，将它看作一个家庭的传统、一个家庭的文化。

　　受父母的影响，我们兄妹四个待人诚恳，为人实在，对事认真，工作扎实。简单总结我们的家风，我认为是："和睦处邻、友善待人""诚信友善心不欠、邻里和睦孝记心""小看苗精心修剪、大励志报效国家"。

　　母亲为人诚恳，不占人便宜，邻里关系处理得非常好。我们的童年都是在"远亲不如近邻，近邻不如对门"的氛围中长成的。邻里和睦，就像一家人一样。那时家家户户条件差，凡是有点儿好吃的，母亲都愿意与邻里分享。

　　父亲为人厚道，工作认真，那时上班的乡镇离家有将近 20 千米，为了做好工作，每周或半月才回家一次。父亲回家后检查我们的学习情况，或看看家中有没有急需办理的事情，第二天就又骑着自行车匆匆忙忙去单位上班了。比我大十一岁的哥哥，过早地挑起了家庭的重担，高中毕业就回家务农，带领姐姐和我到生产队挣工分。那时，虽然条件艰苦，但一家人吃住在一起，幸福而温暖。

　　兄弟姐妹相继结婚成家，都不住在村里。各自有了家庭后，一起生活的机会少了，只有周末回家看望父母时，才能短暂相聚。

　　如今，父母都走了。老家，成了我的怀念。回老家的次数越来越少了，可能是自己已年过半百的缘故，却经常回忆起家乡的父老乡亲，对少年时的玩伴日思夜想，经常翻开微信朋友群，了解一下他们的日常生活。

　　我是一个闲不住的人，习惯种点儿花花草草。和土地有着深厚的感情，每年春天，我会在自家的露天阳台上种上黄瓜、西红柿、茄子、辣椒，不仅仅为了吃，更重要的是让孩子了解蔬菜的生长过程和来之不易的生活。

　　我从父母身上学到了诚信、勤劳。特别是在部队期间，我以诚信为本，立志报国。无论与父母的书信还是电话联系时，父母都教育我："诚实守信，不忘本心，服从命令，报效祖国。"

　　我在良好的家风熏陶下，"勿以恶小而为之，勿以善小而不为"，时刻尊老爱幼，爱憎分明，踏实工作，在自己的家庭中处处带头，传承我们的家风："和睦处邻、友善待人""诚信友善心不欠、邻里和睦孝记心""小看苗精心修剪、大励志报效国家"。

　　（此文于 2021 年 6 月 6 日在第二届全球华人好家风征文大赛中荣获成人组三等奖）

文明风走城乡间

是张主任把我拉进微信群的，我便将此群设置为置顶聊天。一是有消息可以第一时间知道，二是发现问题便于及时整改。这个微信群便是"文明滨城"微信群，我习惯称之为"文明群"。

滨州市几年前开始争创国家级文明城市，全市上下思想统一，高度重视，付出了艰辛的努力。今年创建文明城市进入最后的攻坚阶段，滨城区作为主战场，"创城"工作如火如荼，"文明滨城"微信群也由此热闹起来，不管是周六周日，还是平时的夜晚，都会有微信消息在跳动。

群友们逐渐习惯了"文明群"的通知、号令，看到有关信息迅速做出回应，事关自己的职责范围迅速整改。有了这个"文明群"，信息快捷，反馈及时。有好多信息来自这个群，只要有"创城"工作不到位的地方，整改后上传照片，便一目了然，为全区"创城"起到了很好的作用。

说起"创城"，我参与过多次，并且是在创城指挥部工作，无论是20世纪90年代的卫生城，还是文明城区、文明城市创建，无论是宣传组，还是督导组，我都是积极地参与其中。尽管去年我因从事招商引资工作没有被抽调到创城指挥部，但我在单位仍是分管"创城"这块工作，因此，"创城"始终在路上，不敢有一丁点儿的懈怠。

创城，每个单位承担的任务不同，但目的只有一个，那就是创则必成。

当将《创城明白纸》发给广大市民时，市民深知创城的必要性，纷纷积极响应。该铲除的垃圾，该搬走的花盆，该移到车库、储藏室的楼道里的自行车、电动车，不等物业公司下通知，都被清理得干干净净。还有好多业主在楼长的带领下，清除楼道内的小广告，积极地参与到创城工作当中。作为全区新闻单位的一员，我时刻将"创城"工作牢记心中，可以说走到哪里，就宣传到哪里，身体力行，这已成为日常习惯。

前段时间，妻子回家说："现在的环卫工人开展捡烟头换馒头活动，我看王大姐一家捡拾了不少烟头，正准备将烟头拿去换馒头，可见创城已深入人心，全民都行动起来了。"

是的，我们滨城是国家卫生城，群众在创城中受益颇多，深知创城会带来美好的工作生活环境，共享城市之果。随着滨城城市建设步伐的加快，环境卫生秩序越来越好，然而，随地乱扔烟头的不文明现象仍时有发生。在城市管理中，烟头一直是环境保护中的一个顽疾。为助力全国文明城市创建，清洁公司开展了一系列环卫工人"捡烟头换馒头"活动。广大志愿者、普通市民纷纷加入活动中，捡拾烟头，倡导大家养成良好的卫生习惯，用实际行动助力文明城市创建。虽然捡烟头是一件小事，但是也让广大市民体验到了一种志愿生活、志愿精神，为创建全国文明城市，贡献自己的力量，用实际行动来告诉身边的人一起来参加创城这项活动。从我做起，从自身做起，摒弃不文明习惯，恢复城市的美丽容颜。

　　说起王大姐，她是一名资深的环卫工人。前些年她下岗后从事环卫工作，每天早上三四点钟就起床，天没亮就来到自己的责任路段，清扫垃圾，捡拾树叶、烟头，王大姐本着"干一行、爱一行"的工作热情，在环卫岗位上一干就是十几年。王大姐工作认真积极，每次上级检查，她所包保的路段最为干净，并连年受到上级表彰和群众的好评。像王大姐这样的环卫工人每天早上的第一件事，就是为我们的城市梳妆打扮，趁着车少人稀，一扫帚一扫帚地清扫。无论刮风下雨，即使到了下雪天，她都无怨无悔地工作，将路段上的积雪清扫得干干净净。

　　王大姐告诉我，一个烟头大约 0.2 克，可以说很轻，如果你把它扔掉，你将失去一个沉重的"文明"和社会"责任"。你扔一个，他扔一个，人行道上、树坑里、垃圾箱旁，不仅有碍观瞻，烟头还会被卷进城市主干道的汽车内，带来安全隐患。乱扔烟头者轻轻一丢，就需要数百环卫工人承担后果。我对王大姐一家较为熟悉，总为王大姐一家的举动深深地感动，自觉不自觉地受其影响，自己也在不断地悄悄变化。每当遇到在人行道上歪倒的共享单车，我都会扶正摆好；发现乱扔在绿化带里的共享单车，我也会搬出来放好；乘坐公交车，有的乘客忘记带零钱，为一两块钱投币而着急时，我会毫不犹豫地帮其刷卡……

　　前些日子，在黄河十四路渤海十一路路口，有一名四五十岁的中年男子，骑自行车在路口等红灯时，从裤兜里掏出烟盒，点燃最后一根香烟，便随手把空烟盒扔在地上。我看到后走上去，非常气愤地说道："请你把烟盒捡起来拿走！现在全市上下争创国家级文明城市，你这种做法不合适吧？"起初，男子看我管闲事不以为然，我却不依不饶，义正词严。最后该男子无奈把烟盒捡起来，面带愧色地说："谢谢提醒，您为我上了一堂文明课，今后一定注意。"

"红马甲"是滨城一道亮丽的风景线。滨城各主要路口、各网格随处可见身着红马甲的创城志愿者，他们是文明出行劝导志愿服务活动的志愿者，也是倡导文明风尚的践行者，通过文明劝导，让城市吹遍文明之风。广大志愿者走上街头、深入网格，开展丰富多彩的志愿服务活动，将创城工作延伸到了市民生活的各个角落，他们也成为创城工作中的亮丽风景线。细心的市民会发现，滨城的路边、社区、市场、街巷到处都有红马甲志愿者的身影，行走在现代诗画中，成为耀眼的一个点。这个点由小，慢慢扩张，越来越大，本是一点红，却发展成为一片红。红马甲盛开是一种文明，是一种精神。早上在阳光的照耀下，握一缕清爽的晨风；中午在穿行的人流中，给这座心爱的城市添彩；夕阳下的那点红，是装点人间的美。

最近，融媒体中心的"小翟看滨城"可谓火了一把，主持人小翟不但策划"小翟看滨城"的宣传内容，还逐渐成为文明创城的形象大使。"小翟看滨城"一会儿把你带入厂矿企业看创新发展，一会儿带你到十里荷塘、白鹭湖看滨城优美风情，一会儿带你深入社区市场融入文明创建当中。办公室的小杨说："作为一名志愿者，参与到创城工作中来，能为自己的城市出一份力，看到滨城愈加干净整洁文明，感到由衷的自豪和高兴。"

各单位在创城工作中，有自包小区、包保路段、执勤路口，我们都科学合理地安排，并组织职工义务劳动，将创建文明城市和争创文明单位结合起来。动员广大职工、工会会员和党员团员积极参与创城工作，积极开展志愿者服务活动。家属院里的业主积极配合，文明创城行动有序，成效明显，受到广大业主的普遍赞誉。这不"文明群"的微信又有响动，参与督导的同事又开始了行动，"某小区灭火器配备不到位、消防通道被占用，请立即行动，抓紧整改"。不到几分钟，微信群传来照片，"灭火器到位，消防通道清理保持"。

"您好，现在是红灯，请您等一会儿再过马路。"

如今的滨城，各路口志愿者手拿"文明出行 不闯红灯 不越线"交通指挥旗，每天与执勤交警一起坚守岗位，引导行人文明出行，耐心解答市民询问，劝阻不文明行为；身穿红马甲的单位职工利用周末捡拾垃圾，打扫卫生，将各条街道打扫得干干净净；环卫工人起早贪黑将城市擦亮，清运垃圾的车辆做到日产日清；新建的口袋公园，新铺设的人行道，新建的绿地、厕所，在滨城，成为一道道亮丽的风景。

我喜欢滨城，因为城市年轻；我喜欢滨城，因为路宽洁净；我喜欢滨城，因为到处吹着文明之风……

（此文 2020 年 9 月获滨城区"姜玉坤"杯"寻美滨城 遇见文明"大赛征文二等奖）

市树市花映滨州

五月的滨州，城区内处处绿树繁茂，花开灿烂，绘就一城的盎然生机。漫步滨州，你会发现，在众多的树木花卉中，白蜡树、月季花格外耀眼。

滨州的路，颇具特色。东西为黄河路，南北为渤海路。从最南端的黄河一路起，每隔五百米一个路口，向北是黄河二路、黄河三路直到北环路；南北路也是如此，每隔五百米就有一条路，渤海一路为起点，向西为渤海二路、渤海三路，西环路西面还有渤海三十路。黄河一路往南则是长江路，长江一路、长江二路，以此类推；渤海一路往东是东海路，仍然是东海二路、东海三路往东排。就是第一次到滨州的外地人，简单几句交代路况也听得明明白白。近年来，随着滨州社会、经济不断发展，城区地域已由黄河以北区域跨越黄河至以南区域，南环路也变成了一条城中路，成为市城区贯通东西的主干道，南环路沿黄河而建，东起东环路，西接西环路，全长 29.53 千米，跨越北镇、市中、市西、杜店四个街道，承担着市城区南部东西连接功能，以及长深高速滨州南出入口的集散功能。现在南环路新命名为黄河大道，黄河大道的交通承载能力高，周边景观优美，进一步彰显了该路段的历史、文化内涵，展现了黄河风情的独特魅力。

转眼间，滨州撤地设市已二十年。这二十年来，滨州发生了翻天覆地的变化。二十年前，滨州没有火车站台，没有轮船下海，没有飞机上天，万吨港口还只是一个美丽的梦。进入 21 世纪以来，在历届市委、市政府的坚强领导下，追赶超越，凭借着得天独厚的地理优势，不忘初心，牢记使命，敢闯敢试，使这座名不见经传的鲁北小城，一跃成为备受国内外瞩目的宜商宜居宜兴业的"潜力股"名城。

我一直在滨州从事新闻宣传工作，对滨州分外熟悉，可以说见证了滨州的发展。记得 1989 年 3 月，原县级滨州市开展了市树、市花评选活动，经过广泛讨论、意见征求，确定白蜡树为市树，月季花为市花。1991 年，滨州市（县级）举办了首届市花节。那时我作为新闻单位的记者，见证了这一盛会，对首届市花节进行了会前筹备、大会举办、会后反响等报道。

市树是一个城市形象的重要标志，既是一个城市繁荣昌盛的象征，也是一个城市风范品格的代表。市花则是一个城市的代表花卉，既是一个城市形象的重要标志，也是现代城市的一张名片。我们生活工作的宜居城市——滨州，滨州的市树、市花最贴近滨州、滨州人及来滨州的游客尤为喜欢。

市树、市花的确定，不仅代表了一个城市独具特色的人文景观、地域特征、文化底蕴，还展现了一个城市的精神风貌，体现人与自然的和谐统一，既是一座城市的绿色名片，也能增强城市综合竞争力。许多城市都有独具地方特色的市树、市花。比如北京的市花是月季、菊花，北京的市树是国槐、侧柏。而重庆市市花则是山茶花，市树是黄葛树或者黄桷树。我们的省会济南市花是荷花（莲花），最具代表性的市树是柳树。"四面荷花三面柳，一城山色半城湖"写尽了泉城济南的美好风光。柳树有柔情，荷花别样红。作为济南市的市花和市树，荷花和柳树尽显泉城万千风韵。

滨州市市树、市花的命名，反映了滨州的自然和人文特点，丰富了滨州城市的文化内涵，对于宣传城市形象、展示地域特色文化、提升城市品位具有十分重要的意义。白蜡树、月季花适应滨州生长环境条件，分布、种植广泛，有较高的观赏价值和经济价值。白蜡树、月季花的寓意美好，能够反映滨州的自然历史、人文特点、文化内涵以及城市形象，深受广大市民和社会各界群众的喜爱。滨州的市树、市花适应了滨州地区的气候条件和自然环境。因此，将白蜡树作为市树，月季花作为市花，可谓实至名归，更体现了滨州人民大度包容的性格和不屈不挠的高贵品质。

白蜡树树干通直，树形端正，代表着一种蓬勃、昂扬、积极向上的力量，彰显一种正能量和精神，与我们孕育出的"不屈不挠、艰苦奋斗、顾全大局、无私奉献"的老渤海精神更加吻合。

我喜欢白蜡树，就像喜欢著名作家茅盾笔下的白杨树。白蜡作为滨州极其普通的一种树，然而却是不平凡的一种树。笔直的树干，给人一种向上的力量。在我们单位入驻东区办公的初期，办公院落内种植的树木成活率极低，就连三叶草成活都很困难。为了绿化庭院，我们绞尽脑汁，不断更换树种。还是白蜡树，给了我们希望。

院落为盐碱土壤，加之水浇条件差，土层不好，地下深层伴有建筑垃圾等，每到春天，大家种树热情高涨，在植树节都要亲手精心栽植几棵树木，深挖标准的树坑，大家一起植树浇水，期盼早日小树成林。过后看着长势良好的树苗慢慢枯萎，那真是心疼。唯有那棵棵白蜡树，由细变粗，由小变大，树冠不断变化，枝繁叶茂，给整个院落带来浓浓绿意和美的享受。

起初，领导看到白蜡树成活率高，急于多种植些，为了节省树苗钱，便自己搞育种，找块合适的地块，将白蜡成熟的树种种上，等待树苗长出来。殊不知白蜡树种埋到地下，生长太慢且出苗率极低。只有树种自己成熟后飘落到地上，等到下雨或下雪覆盖，土地覆盖树种，树种在土里经过一段时间的孕育，小白蜡幼苗破土后，历经风雨，一点一点长大，再经移植合适的土壤，才能慢慢长大成材。

我也去过黄河滩区的育苗基地，仔细观察育种育林、管护移植。白蜡树苗大多长到三米后带土球或不带土球运往各地栽植。

最初结识白蜡树，应该是从铁锹把开始的，当时只知道白蜡树干滑溜耐用，上夫出工最耐用的铁锹把就是白蜡树干做成的。现在滨州城区随处可见绿树成荫的白蜡树，经过和林业专家闲聊得知，滨州的白蜡树品种大都是毛白蜡和绒毛白蜡，主要种植在渤海八路、渤海九路、黄河三路等路段。今年滨州种植的白蜡树为全冠树种，特别是渤海十五路新种植的白蜡树，更为城区绿植增添了一道亮丽的风景。在新滨公园、滨州植物园和五岳广场等地方，无论晨练或散步，细心的市民都会发现大量的白蜡树，白蜡树与其他苗木巧妙地搭配形成丰富的景观效果，给人带来舒适的生态享受。

据了解，依据 2018 年的统计数据，滨州城区 345 个绿化路段中有 136 个路段栽植白蜡树，白蜡树在市城区应用频度最高，达到了 56.305%。

市民喜欢市树白蜡树，特别是炎炎夏日，白蜡树树荫给人带来清凉的感觉。白蜡树树形整齐，树冠圆润，枝繁叶茂，春时枝叶鲜绿，夏时枝叶葱郁，秋时枝叶橙黄，冬时雾凇压枝，给人美的享受，融观赏性和景观效果于一体，特别是渤海八路等街道两侧的白蜡树长势繁茂，夏日在这条路上骑行，令人浮想联翩，产生无限遐想。这里也成为很多摄影爱好者每年必去打卡拍照的"网红"地点。

月季之美，人人皆知。月季花姿秀美，花色绮丽、花大色美，按月开放，四季不断，花期长，观赏性高，深受全国人民的喜爱，素有花中皇后的美称。春天牡丹的雍容华贵，夏日荷花的清淡高雅，深秋菊花的色彩斑斓，冬季梅花的傲立冰雪，都为我们留下极其深刻的美好印象。而有一种花名为月月红，一年四季都开花，这就是号称花中皇后的月季花。

月季花品种之多、花色之丰富让人叹为观止，有白色、粉红、黄色、大红、橙色等花色，花开时节色彩艳丽、芳香四溢，位居中国十大名花第五位绝非徒有虚名，国内有五十多个城市将月季花选为市花。

在花卉市场上，月季、蔷薇、玫瑰三者统称为玫瑰。用作切花的玫瑰实为现代品种月季，因此，称它为玫瑰不如称它为月季更准确。月季原产于我国,有两千多年的栽培历史。相传神农时代就有人把野月季挖回家栽植,汉朝时宫廷花园中已大量栽培,唐朝时更为普遍。由于我国长江流域的气候条件适于蔷薇生长,所以我国古代月季栽培大部分集中在长江流域。

近年来,滨州园林科研部门开展了月季品种的引种驯化研究,尤其注重对现代月季品种的推广种植。自 2015 年以来,引进了30 多个不同类型的月季品种,丰富了城区月季品种,提升了城区景观品位。

当你驾车或骑行、漫步,特别是雨后初晴在黄河五路见到增植的月季树时,你会发现滨州的月季如此之美,甚至会感到惊讶,这里什么时候长出了这么多的月季树,笔直的树干,大朵大朵的月季花,红的、黄的、白的,争奇斗艳,煞是好看。开车在路上,一路繁花相伴,摇下车窗,一股淡淡的、甜甜的花香扑鼻而来,让人心醉……高高的树干,像帅帅的滨州小伙,花色各异的月季花,像漂亮的滨州姑娘,大方俊俏。当路过了还想掉头再走一圈儿,我想,那是滨州的月季景观效果迷住了你。

滨州的月季花遍布城区,月季品种也多样化,譬如有绯扇、金奖章、阿班斯、天堂、梅朗口红、彩云、红双喜等,在黄河五路(渤海十一路至渤海十八路段)和滨州植物园、蒲园公园得以集中体现。

滨州市市花月季花的花期长,是滨州开花植物中花期最长的花卉品种。从每年 4 月下旬到 11 月中旬,滨州城区街道两旁、公园广场的月季花竞相绽放,姹紫嫣红,分外好看。红色、黄色、白色、紫色、橙色等不同花色绚烂多姿，芳香袭人。月季花种植遍地，居民的阳台、院落、居住小区、公园绿地随处可见。在滨州的乡村家庭，大都有在小院中种植月季的习惯。

我喜欢种植月季，每到花开的时候，远远望去，就是一片花的海洋。杨万里有诗云"一尖已剥胭脂笔，四破犹包翡翠茸"。月季的花语有很多，其中比较常用的有"幸福""光荣"，以及"等待有希望的希望"。月季有很多品种，不同品种也有着各自独特的花语。比如，白色的月季花语为"纯洁""崇高"，橙黄色的月季花语为"青春"，黄色的月季花语为"道歉"，红色的月季花语为"火热"。

一花一世界，一叶一菩提。自古以来，不少文人墨客寄情于繁花之间，有关树与花的诗句更是数不胜数。一年四季，各种花儿华丽绽放，万紫千红、千娇百媚、风情万种。走累了赏一朵花养眼，心累了赏一朵花养心。

在滨州，您可以在观看市树、市花，走遍滨州美景的同时，深入了解滨州文化、老渤海精神、孙子文化、杜氏文化，等等。市树、市花连同滨州广大市民，见证了滨州的每一步发展。2000年撤地设市后，这片土地迎来了大滨州的时代。如今的滨州，高端铝、高端化工、高效生态纺织、食品加工、畜牧水产"五大千亿级"产业集群特色鲜明、家底厚实，五大新兴产业初具规模、潜力显现，新一代信息技术产业后劲儿十足，新能源新材料产业势头渐涨，医养健康产业前景可期，智慧物流、现代金融、会展经济等现代服务产业迎来发展黄金期。

滨州的当下有为，滨州的未来可期。滨州，这颗黄河下游璀璨的明珠，正在散发着熠熠光辉，生机勃勃。美丽的滨州，"四环五海"、三十六桥、七十二湖、一百零八园主体城市框架融入居民生活。

风景独特秀丽的滨州，跃动着现代化的气息，彰显着开放与大度，孕育着未来和希望。现代化的城市滨州，在市树、市花的衬托下，显得生气勃勃……

（原载于 2021 年 5 月 1 日《鲁北晚报》滨州生活·文苑版）

阳信鸭梨脆又甜

"七月苹果八月梨，九月柿子红了皮"，说的是七月苹果成熟，八月梨上市，九月的柿子红了。苹果、梨和柿子是我们日常生活中的常见水果。就苹果、梨、柿子来说，我更喜欢吃梨。因为梨皮脆内甜，爽口止咳。

我喜欢吃梨，原因有三：一是大家都知道孔融让梨的故事，可见，古时候的人就爱吃梨；二是阳信鸭梨是滨州阳信县的特产，对于我来说，吃梨有得天独厚的优越条件；三是小时候鸭梨伴随着我的童年，给我留下了太多美好的记忆。

阳信鸭梨，家喻户晓。阳信鸭梨外形美观，色泽金黄，样子非常可爱。只要看到阳信鸭梨，总有一种想吃到口的冲动。阳信鸭梨呈倒卵形，因梨梗基部突起状似鸭头而得名。阳信鸭梨是全国农产品地理标志产品。

每年春天，家门口春华秋实园的梨花含苞待放，我们都会急切地盼望阳信梨花节的消息。

每年4月份，我们三五相邀或一家人自驾前行，去阳信赏梨花。千树梨花千树雪，一溪杨柳一溪烟。在阳信万亩梨园，徜徉在花的海洋，或散步或拍照，小朋友的嬉闹声、文人墨客的诵读声，不绝于耳。我喜欢闻着梨花香，寻找诗意。眼前梨花白，忽有诗句来。千树万树梨花开，满眼春色里的梨花争奇斗艳，煞是好看。

每年赏花归来，总有几首小诗跃然纸上。在梨花园，最开心的是我的妻子。她喜欢摄影，特别是喜欢让我给她拍照。或者说她人长得漂亮比较上相，所以酷爱照相。因此，我每到一地，都忙得不亦乐乎，主要是为妻子照相。做好跟拍服务，选好角度，如若达不到妻子的标准，辛辛苦苦拍摄的照片瞬间会被妻子统统删掉。我总是小心翼翼地选景拍摄，每次外出，都会有妻子满意的作品。

每当看到眼前的梨花盛开，思绪便不自觉地跑回我小时候的记忆里……

小时候家里穷，舍不得花钱买水果吃。那时，我老家院子里，北屋门口的两棵鸭梨树，满足了我对水果的渴望。从每年春天开始，我就盼望梨树开花结果，当梨花谢去鸭梨露头时，每天瞅着梨子长大。尽管两棵梨树年岁不算太长，但是梨子长势喜人，每年结果很多，大的梨子一个得重六七两，树枝较高又压满枝头，主枝向上，侧枝爬过了北屋和东屋的房顶，有时候还要爬到房顶上用树枝将梨树架起来，要不梨子会贴着瓦檐见不到阳光。等到八月十五，我和姐姐都要爬到北屋和东屋的房顶上摘梨。

当把梨子摘下来，一家人分享吃梨的喜悦时，小院里便飞出久违的笑声。那时候，家里很穷，遇到一件高兴的事也很不容易。每当这个时候，母亲都会拿起几个鸭梨送给门口的婶婶、大娘。

每到八月鸭梨采摘的季节，我总是在我的鸭梨情结里走不出来，梦里又爬上房屋摘梨，和街坊邻居分享那段美好的时光。

前段时间，我和表弟闲聊，还讲到老家院子里那两棵鸭梨树。小时候，周围的小伙伴们都对那两棵梨树有印象，没少吃那两棵树上结出的梨，尤其是个大皮薄肉甜，印象极为深刻。

和我小时候的相比，总感觉阳信鸭梨在不断地更新换代，品质越来越好。

阳信鸭梨，因为皮薄核小，香味浓郁，清脆爽口，酸甜适度，是我的最爱。阳信鸭梨风味独特，含有丰富的糖、维生素C、钙、磷、铁等营养成分，受到广大市民的青睐。不是王婆卖瓜自卖自夸，在市场上吃到的梨不少，像阳信鸭梨这样又脆又甜、皮薄肉厚的确实少见。

我喜欢吃梨。更喜欢为阳信鸭梨做宣传。每到外地出差或走亲访友，都会带上几箱家乡特产——阳信鸭梨。凡到外地市场上看到阳信鸭梨，都会和商家闲聊几句，详细了解阳信鸭梨的市场销售情况。

如今，阳信县不断改良鸭梨品种，依托优良品质，延伸鸭梨的产业链。对种植梨果和生产鸭梨深加工，研发生产的产品包括鸭梨醋、醋饮、梨花茶、梨膏、梨花饼、梨花糕等，以不同于多数工厂的制作方法，追求符合现代人回归自然的心态，符合健康理念的标准，适应市场和广大受众的需求。

随着阳信鸭梨深加工产品的不断研发和推进，市场上的鸭梨醋等系列产品异常火爆，鸭梨醋也成为我的专属用醋。我试用了几款阳信鸭梨深加工产品，感觉真不错，今后外出走亲访友又有了家乡新特产。

　　前些天，阳信的战友来电话说今年阳信变化太大了，邀几个老战友到阳信转转看看，品品阳信鸭梨。

　　我想，这个周末，邀几个战友，相邀阳信，嗅鸭梨飘香……

日照，令我心动的地方

有一种生活，叫日照。日照位于黄海之滨，因"日出初光先照"而得名。

前几年，同事的孩子考学去了日照，免不了增添几分牵挂，同事时常穿梭来往于家与日照之间，日照的种种魅力便传入我的耳中。诸如日照历史悠久、文化底蕴深厚，是太阳文化、海洋文化、东夷文化和莒文化发祥地，等等。同时她每次从日照回来对我大讲特讲，使我对日照有了极好的印象。近年来，日照旅游发力高质量发展，打造国际休闲度假城市，是全国文明城市、联合国人居奖城市及中国最美海滨城市。旅行社的微信朋友圈对日照旅游也是大加赞美，每到周末都有日照旅游的项目推送。日照的美，目不暇接。渐渐地我喜欢上了日照。

日照，成为我日思夜想、非常向往的地方。我喜欢清晨的第一缕阳光，更渴望在日照欣赏日出先照的神秘，在海边观看日出初光先照的独特奇观，一边漫步，一边欣赏"阳光海岸，活力日照"的魅力，微微海浪，清新的空气，喜欢诗意的大树路旁充满无限的遐想。

"待到春风二三月，石炉敲火试新茶。"最初与日照相识，结缘于日照茶，我的家乡不产茶，老人们却喜爱喝茶，喝的最多的就数茉莉花茶和日照绿茶。幼小的记忆里，上了年纪的父辈，家家都有茶壶茶碗，凡有客人来，即使是邻居庄乡到家也是热情地洗壶沏茶。据说，日照露天春茶一般于 4 月份陆续进入开采期，于谷雨节气进入盛采期，五一劳动节前后整体上市。日照茶树越冬期比南方长一到两个月，昼夜温差大，利于内含物的积累，独特的气候和地理条件使日照生产的绿茶汤色黄绿明亮，栗香浓郁，回味甘醇，含有丰富的维生素、矿物质和对人体有益的微量元素，在国内享有"江北第一茶"之美誉。

受家人和故乡的影响，我也喜欢喝茶，特别是日照绿茶。在我的家乡，夏天喝绿茶比较盛行，炎炎夏日，来上一杯日照绿茶，清爽又解渴，是家中的必备品。

这几年，交通越来越方便，通信越来越发达。手机联系的便利，微信联系的迅捷，令分别三十年的老战友也慢慢联系起来，且越来越频繁。今年受老战友之邀，向往已久的日照之行终于成行。

当我进入日照，激动得心怦怦直跳。日照，美丽的日照，当我踏上这片土地时，深深地感受到这里第一缕阳光的微妙。这里有绵长悠远的海岸线，在清澈的海水边，看日出日落，远离了大城市的繁忙与喧嚣，不快与烦恼都抛到了脑后。作为一个热门的旅游城市，感觉日照市民的脚步却并未因此而加快，晚上七点半就停运的公交车用一种方式告诉我们，这里的市民们面对汹涌而来的游人，仍旧坚持着原本的日出而作、日落而息的生活。

来到日照，最好是既来之则安之，在这里多停留上几天，到渔家乐住上几天，每日有阳光沙滩和海鲜，不多时，就会沦陷到日照悠闲缓慢的氛围中去。

据了解，日照的文化与旅游融合走出了一条坚持"宜融则融，能融尽融；以文促旅，以旅彰文"的路子。日照的文旅融合很到位，比如天台山旅游区。这是个典型的文旅项目，主打太阳文化，在中国具有唯一性，这种唯一性意味着更加突出日照"日出初光先照"的形象。再比如山海天旅游度假区的海洋文化，30公里海岸线上一系列项目的布局，这不仅是简单的文化问题，而且还融入了生活。通过发展度假旅游，提升生活品质，现在的日照，流行一句话"有一种生活，叫日照"。当你置身于日照，就会发现日照的种种好处：吃得很舒服，各种各样的海鲜应有尽有；住得很舒服，既有高端的星级酒店，也有大众的民俗客栈；玩得很愉快，有各种有趣的东西；自然环境极好，可以畅快地呼吸，享受蓝天碧海金沙滩。总之，到了日照可以很从容，能够放空自己，这就是"有一种生活，叫日照"。

我和战友在日照游玩了几天，感觉到日照的美，来自阳光，来自海边，来自树林，来自公园，来自社区。日照蓄力三十年，旅游城市建设来到了厚积薄发的关口。一张新的城市名片"有一种生活，叫日照"，已展现在世人面前，来自世界各地的游客正陆续到日照体验，我想用不了多久，日照会真正成为国际度假城市，越来越多的中外友人会了解日照，走进日照。

到了日照，日照海滨国家森林公园不可不去。公园依山傍水，空气清新，园内动植物种类繁多。好多叫不上名的植物，需要向当地人请教。在长达七公里的黄金海岸线上，浪缓滩阔、沙质细润、海水洁净，被誉为"中国沿海仅存未被污染的黄金海岸"，戏水畅游，可谓难得。公园还分为森林旅游区、海滨娱乐区、疗养度假区和太公文化区等四个功能区。如果时间充裕，你尽可能地参观现已建成的水下鲨鱼馆、动物园、姜太公纪念馆、海水浴场、森林浴场等景点。家人或朋友来个多人骑自行车，或乘坐欧式马车、游览观光车都是不错的选择，也可观看年轻人做水上骑士，做空中飞人等。

不到日照，不知日照之骄傲。日照的景点非常多，我认为浮来山风景区、刘家湾赶海园、汤谷太阳文化源、日照五莲山旅游风景区，都是到日照旅游不错的选择。

到了日照，你会发现沿美丽的海岸线还有很多渔村，游人住在这里可以更亲近大海，潮起的时候，去游泳、戏水、玩沙；潮落的时候，去赶海、拾贝、钓鱼。早晚漫步在海边，尽情享受海风轻拂，诗意翻滚。

作为一名文学爱好者，我初来日照，真想用我的笔书写活力日照。

日照的战友悄悄问我："日照怎么样？有一种生活，叫日照，是否心动了？"身边的妻子告诉他："回家好好斟酌一下，是否来日照购房定居，享受中国最美海滨城市的'日光先照'的美好生活。"

我回来跟同事一说，同事说："好，好，好，我正有此意，让孩子毕业后留在日照，我们一起去日照买套房子做邻居，好好在晚年享受'日光先照'。"

酒香飘来惹人醉

我的年龄不算很大，酒龄却不算短，年过半百，酒龄却已超过三十年。我喜欢美酒，喜欢粮食酿成酒散发出的香气。

我们山东，喝酒，名声在外。记得有位名人曾说过：山东归来不喝酒。说的是山东的酒文化极其讲究，齐鲁大地乃礼仪之邦，酒局上，座次讲究，上菜讲究，饮酒讲究。

亲朋好友来家做客，都会享受到"好客山东"的那份热情。不管什么时间，客人一落座，主人就开始忙活着炒菜摆酒。

有一次，我因有事到哥哥的一个李姓朋友家中叨扰。没想到李哥、李嫂太热情，话没聊上几句，李嫂就端上刚炒的热菜，李哥拿出珍藏多年的平坝窖酒。说实话，我这些年酒局不少，喝的酒类也很多，但平坝窖酒还是第一次见。李哥说这平坝窖酒具有浓郁的酯香，入口幽雅，酒体醇厚，绵甜而微带药香，回味悠长缠绵。李嫂说："这是我们远在贵州的亲家专门让孩子带给他的，平时藏着舍不得喝。这是最要好朋友的弟弟你来了才拿出来喝。兄弟，听说这是好酒，让你李哥陪着你多喝点儿。"

看着李哥倒酒，泛起的酒花，扑鼻的酒香，高脚杯中的酒色清亮透明，凭我多年喝酒的经验，一看便知，这是上等的美酒。我和李哥慢慢品起酒来。

李哥说，听亲家讲，贵州省平坝酒厂有限责任公司前身是贵州省平坝酒厂，始建于 1952 年，20 世纪 80 年代该企业发展进入巅峰时期，被国务院授予国家大型二级企业称号，被国家轻工部及贵州省确定为名优白酒生产重点企业。产品有金壶牌平坝窖酒系列、平安牌平安酒系列、金壶春牌金壶春系列、平坝牌平坝酒系列等四大系列一百多个品种。咱们喝的这款酒，是亲家专门挑选的。

贵州的酿酒起于何时？有资料可查，早在两千多年前的战国时代，贵州的青山绿水间就无处不飘着美酒香。当时，贵州一带生产一种枸酱酒。汉代，贵州的酿酒又进入一个新阶段。汉武帝曾品尝古仁怀产的酒而大加赞赏。南北朝时期，贵州已能酿出酒精浓度较高的酒。特别在清代近三百年间，贵州酿酒的优良传统得到发扬光大。在清初的名著《镜花缘》里，记有当时全国的五十余种名酒。这里的人们不仅能酿造佳酿名醅，而且讲究饮酒之道，注重饮酒之德。

酒，是一种文化；酒，是一种历史。李白有举杯邀明月的雅兴，而苏轼有"把酒问青天"的胸怀。欧阳修有"酒逢知己千杯少"的豪迈，曹操有"对酒当歌、人生几何"的苍凉，杜甫有"白日放歌须纵酒、青春作伴好还乡"的潇洒。黔酒的民族特色和地方特色十分显著。不管酿酒工艺和酒型、品种，还是酒礼、酒规和饮酒方式，都有鲜明的民族特色，并且以酒为媒介促进了民族间的友好交往。

酒是好东西，有人说，酒是粮食精，越喝越年轻。高兴的时候喝酒，它能助兴，悲伤的时候喝酒，它能解忧。

俗话说："好东西，不可多用。"酒虽是粮食酿造的，也不可多用。平时凑饭局，一定要少喝。喝酒只是引子，把饭局凑起来，三五知己，倒一杯美酒，谈心聊天，好不惬意，但切不可贪杯生事，要珍惜生命，适量饮酒。过去是"酒逢知己千杯少"，现在是"酒逢千杯知己少"，现在喝酒交心的人已经不多见了。喝好不等于喝倒，喝好也不等于喝醉。这几年，酒场上喝出人命动官司的也不少，这都是警示，都是教训。酒喝得痛不痛快，不在于酒好不好，而在于喝酒的心情和喝酒的人。随着社会的文明进步，现在喝酒的逐渐少了，特别是各地出台政策，严禁工作日饮酒，人们感觉到酒局少了，身体好了，家庭和谐了。其实，酒这东西，装在瓶里像水，喝起来辣嘴，走起路来闪腿，喝多了也许成为催命鬼。

记得小时候，家在农村，逢年过节，家家户户打上几斤散酒过年招待亲戚。那时都是高度粮食酒，一两小酒倒四五小酒盅，甚至加热燎酒喝，吃着下酒菜，端着小酒盅，高声闲谈阔论，推杯换盏，猜拳行令。一般坐着喝酒并没有什么感觉，酒局结束后，出门小风一吹，瞬间清醒了，就是双腿不听使唤。

前些年，市场上又出现了低度酒，无论喝多喝少，不上腿了，能安全回家。只是喝多了，有断片的感觉，即使极力回忆昨晚喝酒后是怎么回家的，却怎么也想不起来了。

"酒这东西，看起来像水，喝到嘴里辣嘴，喝到肚里闹鬼，走起路来绊腿，半夜起来找水，早上醒来后悔！"这是过量饮酒最真实的写照。然而，当饮酒不可避免，人们如何把酒精对身体的危害降到最低呢？喝酒，也不是有百害无一利的。如果适量地喝酒，又有点儿好菜，心情舒畅，往往会化害为益，获得意外的好处。但因为酒精经肝脏分解时需要多种酶与维生素的参与，酒的酒精度数越高，肌体所消耗的酶与维生素就越多，故应及时补充营养。

现在酒局少了，大家喝酒也都讲究了，不再饮用低度的勾兑白酒。酱香白酒占领了餐饮市场，出门凑局也是提上两瓶上等的酱香酒。自从那次和哥哥的朋友李哥小酌之后，我喜欢上了平坝窖酒。当然也给李哥的亲家带来不少麻烦，现在用酒都是联系李哥的亲家发货给我。

经我和李哥的介绍推荐，身边喝平坝窖酒的人越来越多，乃至我们还有一小撮人，喝平坝窖酒，做知心朋友。

三五知己好友，见面平坝窖藏酒。饮酒作诗兴趣多，小酒就把平坝喝，谁人不劝多饮酒，每周相聚真快乐。

随着物流运输的便捷，有几位朋友跃跃欲试，计划联手把平坝窖酒在我们当地的代理权拿下来。我想，梦想近在眼前，期待，一定有一个好的结果……

又是一年麦收时

"咕咕，咕咕"，远处传来布谷鸟的叫声。八十多岁的老母亲望着窗外，不是关心天气，她所关心的是田野里的小麦。她老人家说，芒种快到了，麦子也该熟了。

自从母亲搬进城里，很少能见到田野，更不用说是麦田了。连续几天的高温，叫人焦灼难耐。孩子问我："爸爸，现在已经是三十六七（摄氏）度的高温了，以后还会比这更热吗？"我想在我们这个地方，现在的天气已经接近历史最高温度了。

成片成片的小麦，在阳光的照耀下，唱着欢歌，天天都有新的变化，麦梢已渐渐发黄……心中不由得发出感叹，儿时学过的那首《观刈麦》在耳边响起："田家少闲月，五月人倍忙，夜来南风起，小麦覆陇黄。"

我的家乡就在黄河岸边，祖祖辈辈就在黄河滩区种庄稼。我没参军前，一直在农村老家生活。参加工作以后，也经常参加各式各样的帮扶活动，对农村有着深厚的感情。特别是最近这段时间穿行在黄河岸边，看到成片成片的麦田，心中时常有一种莫名的冲动，车上同行的同志也会描述过去收割麦子的种种辛苦。行进在麦田间的柏油路上，同车人说着笑着，思绪又飞扬起来，不由得想起过去收割麦子的场景。每到这时，过去的农村，已是一片繁忙景象了……

　　小的时候，没有联合收割机，麦收全靠人工完成。记得也许就是这个时候，芒种的前几天，就开始拾掇场院。所谓的场院，是各生产队根据农业生产规模划出的一块空地，作为麦收、秋收的专用场地。平时放些柴草，到了麦收季节腾出来专为打场晒粮用。场院在每年使用前，首先要囤场，就是把场院这块空地用犁翻起来，找来前几年的麦穰均匀地撒在地面上，男女劳力用扁担挑水洒到上面，再用牲口拉石碌碡压实，等到"芒种三日见麦茬"时，用镰将麦田里的麦子收割后，运进场院。

　　那时是集体生产队，男女劳力多，收获小麦有说有笑，每年麦收时，都是一幅美丽的画卷。我清晰地记得，男女壮劳力在田间收割，因抢收抢种，早出晚归吃在田间，生产队的炊事员做好饭，肩挑送到地头，大家找一个树荫地，围坐在一起，集体吃午饭。说是午饭，一般是窝头，条件好点儿的，吃个两面子（面、玉米面），一个汤菜或咸菜，早饭兴许会有小米饭或绿豆粥。尽管饭菜花样少，吃起来还是很香甜，上了年纪的人都对那时的饭菜有所怀恋。

　　布谷声声，麦收已到眼前。那时割麦子，准备工作也多，囤场院，修通往地头的道路，磨镰刀，准备足草腰子（草绳子，割一部分小麦，用草绳子从麦子腰间拢起扎紧，便于运输）。从芒种开始，我们这个地方的麦子成熟起来很快，有经验的生产队员查看哪块地小麦熟了，就由生产队长安排去收割哪个地块，出工记工分，不同工种，计分有时也有区别。

　　割麦子是个技术活，穿着不要太讲究，一定要穿带袖的上衣长裤，布鞋，不能因天热穿凉鞋，腰间系着草绳子，手拿镰刀，从地头开始，大家顺着一个方向割麦子，有力气又会用巧劲儿的往往割得很快。我年轻的时候，割麦子就比较快。参加工作后，帮助同事家收割麦子，同样割一两垄地，往往我是割得最干净最快。

生产队安排干活，因人而异，分工明确，适合割麦子的割麦子，适合赶车运麦子的就赶着牲口用地板车将收割的小麦装车运到场院里，场院里还有卸车、看场、打场的。整个麦收期间，人尽其用，没有一个闲人，就连放了麦假的小学生也要到收割后的地里拾麦穗。

那时的田间地头、场院里到处都是一幅忙碌热闹的景象。每到麦收时节，老天爷总是爱开个玩笑，时不时地来个阴天。那时的天气预报还不太准确，经常是摊开的麦垛因一片乌云或一阵小雨，又得赶紧抢堆起来，整个场院的一个个麦垛，像小山一样。到了晚上都收工后，还要留人轮流看场。

割麦子一个是累，一个是脏，要趁着早上太阳还不是那么毒的时候早早下地，东坡地、西坡地，哪块地熟了先收割哪块。到了芒种以后，麦子成熟得很快，前两天看着小麦还有点儿青，一两天的时间，天气晴好，南风一刮，第二天就该收割了。人工收割起来还是比较慢的，时间不等人，总要抢收抢种才行。

在收听天气预报的同时，更要合理安排收割计划，总要赶到大雨来到之前将麦子收割回来，要是收割不及时，大雨一下，麦子倒伏严重，收割起来，更加困难。场院里的麦子，经过一场大雨，如果晾晒不及时，会被水浸泡后发芽，使一年到手的产量变低。那时的生产队长最最关心的是天气，到口的粮食看老天爷是否大发慈悲让吃上。

打场更是又脏又累。把麦子收割后运到场院里，就需要打场了。那时集体脱粒机少，要利用晚上的时间将小麦脱粒。从麦垛到脱粒机间，排起长队，从麦垛开始传递麦子的，一个人挨一个人地向前传，在脱粒机前有一个续麦子的，这个位置比较重要，技术含量不算高，但也算是个技术活。大家白天忙碌了一天，晚上再打场，又困又乏，有时因为犯困，也有续麦子时手被带进脱粒机伤到手指或手臂的情况发生，有时还"机械机械，十用九坏（使用就坏）"。

一家人高高兴兴地准备好打场了，不是电源有问题，就是脱粒机出了问题。村里的维修人员随时待命，一出现问题，就到现场解决。等运到场院里的麦子全部脱完，整个场院便成为一个粮仓，一大堆一大堆的小麦粒，诱人得很。

看到丰收的硕果，看场人会给调皮的孩子们讲述村庄里有趣的故事。那时候还是交公粮的年代，一辆辆载着麦子的运粮车在粮站前排起长龙，就知道今年的收成如何。

又是一年麦收时。行走在田间，看到成片唱着欢歌的麦田，我想现在真的是很幸福了。机播、机收、机种，一切已经实现了农业现代化。我们这一代人小时候最大的梦想就是"楼上楼下，电灯电话"。谁会想到，如今我们的农民进城买房；谁会想到在自己的村庄，也建起高高的楼房；谁会想到，农民变成了市民。

在家务农的兄弟，白天外出打工，夜晚回到空气清新的小天地，在文明和谐的社会主义新农村过着幸福甜美的生活。

再过几天，芒种就要到了，我们的联合收割机已经检修上路，即将开启跨区作业的征程。再看看我们身边的麦田，又是一年麦收时，等待丰收喜悦的消息。

（此文 2018 年载入中国出版集团公司华文出版社出版的《在希望的田野上》一书，由美丽乡村国际微电影艺术节组委会出品）

沂蒙母亲

一寸山河一寸血，一抔热土一抔魂。

走进沂蒙革命老区，"蒙山高，沂水长，军民心向共产党"，不时飘来熟悉的沂蒙小调。在沂蒙这片红色土地上，诞生了无数可歌可泣的伟大母亲和英雄儿女。每次进入这片热土，我都心潮澎湃，思绪万千，眼前电影般浮现出送子参军、支援前线、英勇战斗的画面。

在沂蒙这片红色土地上，沂蒙六姐妹、沂蒙母亲、沂蒙红嫂的事迹十分感人。沂蒙精神与延安精神、井冈山精神、西柏坡精神一样，都是党和国家的宝贵精神财富。

来到山东沂蒙山革命老区的腹地，有一个三面环水、一面连山的村子，这就是沂南县马牧池乡东辛庄。抗日战争初期，山东根据地领导人罗荣桓、徐向前等经常住在这儿，使这里一度成为山东抗战的指挥中心。

村中有家"堡垒户"，带头人是著名的沂蒙母亲王换于，人们尊称她于大娘。王换于为民族解放和革命事业作出了巨大的贡献，其中之一就是在抗战时期创办起战时托儿所，先后抚养了86位革命后代。我想她和丑子冈一样，把自己的全部身心交给了孩子。这些孩子，不是一般的孩子，大都是革命先烈的后代，她给革命先烈留下后代，给新中国带来希望。

据当地群众讲，堡垒户，就是指在抗战时期斗争环境极端残酷的情况下，群众中舍生忘死、隐蔽保护共产党干部和人民子弟兵的住房关系户，是保护和积蓄抗战力量的基地。王换于是最具代表性的。

抗战时期，红嫂张淑贞和婆婆王换于一起创办战时托儿所的感人事迹在当地乃至全国传颂。王换于被当地群众亲切地称为沂蒙母亲。曾在各大卫视热播的《啊，摇篮》，说的是丑子冈在延安从无到有建设中央托儿所的动人故事。其实，王换于同丑子冈一样，把革命先烈的孩子当成自己的孩子，甚至把他们当成命根子，千方百计保护他们的生命。

母亲，之所以伟大，来自母亲伟大而无私的爱。那时候，大人们都吃不饱，也没有多少奶水喂孩子，许多孩子体质很差。王换于就挨村挨户地打听，谁家的孩子夭亡了，把需要哺乳的孩子送给其抚养。这样27个孩子就全安排下去了。对于战时托儿所里的每一个孩子，王换于都用生命来呵护。有一次，王换于去西辛庄看望寄养的革命后代，发现孩子瘦得不像样，她一阵心酸，就将孩子抱回了家。当时，王换于的儿媳正在哺乳期，在抚养自己孩子的同时还要照顾这些孩子，奶水已不够吃。王换于说："这些孩子有些是烈士的后代，让咱的孩子在家吃粗的，把奶给这些孩子喝吧，咱的孩子没了，还可以再生，咱可不能让烈士断了根呀。"王换于视革命后代如己出。我流着泪在王换于纪念馆，反复看着每一幅图片，听讲解员讲述王换于感人的故事。

王换于的主要工作就是率全家照顾好领导的生活起居和抚养

战时托儿所的孩子。在照顾好孩子的同时，她还发动群众做些有意义的工作。战时托儿所最多时达五十多个人，王换于因抚养革命后代，她的两个儿媳妇的奶水大部分用于哺育托儿所的孩子，为此王换于有四个孙子、孙女因照顾不周而先后夭折。除此之外，王换于还掩护救助过一批批八路军伤病员和抗日干部，帮助八路军隐藏了许多抗日物资。1940年7月，山东省政府前身战时工作推行委员会在青驼寺成立，出版的《联合社会会刊》被王换于精心保存。1978年，年逾九旬的王换于将书完整上交县有关部门，填补了山东省档案馆档案资料的一项空白。

原中共山东分局书记朱瑞的夫人潘彩琴专程来看望王换于，见到王换于时，她禁不住落泪了，她的儿子抱着张淑贞叫妈妈。当年，朱瑞的妻子陈若克和他们刚出生不到一个月的女儿被日军残酷杀害，是王换于卖了三亩田买来了一大一小两口棺木，将她们安葬的。后来，朱瑞和潘彩琴结婚，洞房就设在王换于家的南屋，是王换于亲自给他们布置的新房。潘彩琴生下孩子后，也交由张淑贞抚养。1945年抗战胜利后，潘彩琴和孩子随朱瑞转战到东北。1948年10月，时任东北野战军炮兵司令员的朱瑞在东北解放战场不幸触雷牺牲。消息传来，王换于一家十分难过。这次，潘彩琴故地重游，触景生情，不禁抱住王换于失声痛哭。

来自当年战地托儿所的胡奇才之子胡鲁克等人，长跪在王换于纪念馆王换于铜像前，深情地喊一声母亲，泪流满面。"我们出生在沂蒙，如果没有以王换于为代表的沂蒙母亲的养育呵护，就没有我们的今天。"胡鲁克这句话，说出了大家的共同心声。

王换于，一位沂蒙母亲。一位普通的妇女，却用自己不平凡的一生，为革命先烈抚养后代，在平凡中成就伟大。在沂蒙，历史中蕴藏着开启未来的思想和精神。轻轻哼起沂蒙小调，歌声悠扬，在古老的石屋里慢慢漾开，穿过历史的记忆，直抵人心。

在沂蒙，沂蒙母亲、沂蒙红嫂不是指特定的某个人，而是指一个群体。她们用乳汁、用小推车、用小米粥哺育革命者，推动历史。1947 年孟良崮战役打响的前一天，李桂芳等 32 名妇女拆掉自家门板，跳入冰冷的河水，用身体当桥墩在沂南崔家庄和万良庄之间的汶河上架起人桥，保证部队顺利通过，为战斗节约了时间。每当想起沂蒙妇女，伟大的母亲，都令人眼含热泪。

乳汁救伤员的红嫂明德英、拥军模范王步荣、宁死不屈的吕宝兰、永远的新娘李凤兰……这些耳熟能详的名字，背后是沂蒙母亲、沂蒙红嫂、沂蒙六姐妹用生命写就的军民鱼水赞歌。

一幅幅沂蒙母亲的画像，徐徐展开……

下 篇

三面镜子照亮人生

历史是一面镜子。我们需要镜子，以史为鉴。

大家知道唐太宗有三面镜子："夫以铜为镜，可以正衣冠；以古为镜，可以知兴替；以人为镜，可以明得失。朕常保此镜，以防己过。"这段话是讲唐太宗对身边的臣子们说：以铜当镜子，可以端正自己的衣服、帽子；以历史当镜子，可以知道国家的兴衰规律；以别人为镜子，可以明了自己的是非得失。我常保存这三面镜子，用来防备自己的过失。

在党史学习教育中，我们要学史明理、学史增信、学史崇德、学史力行。这就要求我们以党史作为镜子，经常反思一下自己，是否是一名合格的党员。

随着科技的进步，我们的生活日新月异。滨州科技企业孵化载体提质升级三年行动，让我们深深地感受到科技的力量。

大家知道，20 世纪 90 年代的滨州市土地管理局，改变了过去用皮尺拉、杆子量的传统测地方法，在我国首次将全球定位系统 GPS 导航测试系统应用于地籍测量，掀开了土地管理史上新的一页。

1989 年冬，滨州市土地管理局接到上级业务部门的指示，以快速度、高精度、高质量地完成两大任务：一是城镇地籍调查，二是土地资源详查。这两项任务是滨州市乃至全国 1949 年以来的第一次，从方法步骤到技术总结，没有前人的经验可借鉴。人才、技术、仪器，一系列困难摆在了时任滨州市土地管理局局长张实臣的面前。但此时的张实臣只看准了一点，地籍调查包给别人搞需要投资 100 万元，自己部门搞仅需 20 万元，可为国家节约 80 万元，只要能为国家节约资金，没有条件也要上。张实臣的犟脾气又上来了，在全国土地管理系统首开纪录，采用国际上最先进的 GPS 单频接收机定点定位。

GPS 是美国研制的一种"导航卫星定时与测距的全球定位系统"，由于它实测方便、快速和高精度，使大地测量的定位方法发生了质的改变，其精度和效益，远胜于常规测量。当时利用 GPS 技术进行大地测量，在我国仅有南方的两个国家大型工程使用过，其中一例成功，另一例失败，而在城镇地籍调查中尚属空白。张实臣和他的一班人决定填补这个空白。

1990 年 3 月的滨州，乍暖还寒。张实臣和丛风显、牟俊利等人，根据省测绘资料中心提供的滨州市标点数据在张课家二十里堡等村庄的雪地里来回地寻找着控制点。在泥泞的雪地里，他们找出了三十多个国家控制点，并选用了三个国家二等控制点，在上海同济大学等有关单位的帮助下利用 GPS，建成了城市四等控制网。

他们用三台 GPS 单频接收机采取相对定位的方法，顺利完成了滨州市区二十五平方千米的地籍控制网的测定，为滨州市自 1949 年以来不很精确的土地面积提供了一个准确的数字 1040 平方千米。

在乡村地籍调查中，张实臣结合实际，探索出乡村地籍调查结合农村规划、结合农村宅基地有偿使用、衔接土地资源调查成果的"两结合，一衔接"调查法，对全市各类土地分布及利用状况提供了科学、准确的数据。

1992年滨州市地籍调查和GPS地籍控制网均获山东省土地管理局科技进步一等奖。GPS地籍控制网在全国土地管理局成果评定会上获科技进步二等奖。

这么多年过去了，我感觉滨州人敢拼敢干的精神一直在传承。滨州市强化科技攻关支撑，组织实施重大科技攻关，一系列的科技攻关、科技效能影响着我们的工作和生活。

在今天的核潜艇总体研究所，对于青年一代科研设计人员，黄旭华老人送给他们"三面镜子"。黄旭华说，核潜艇科研人员必须随身带上"三面镜子"：一是"放大镜"——扩大视野，跟踪追寻有效线索；二是"显微镜"——放大信息，看清其内容和实质；三是"照妖镜"——鉴别真假，吸取精华，为我所用。黄老传授给年轻人的是一个老知识分子的真知灼见，是一代核潜艇总设计师渗透到骨子里的对国防事业的热爱和忠诚。

在人生的长河中，有三面镜子是我们必须要拿来照的。我想，我也要有三面镜子。一是信仰之镜，时刻对照理想信念，不忘初心使命。二是奋斗之镜，我将无我，不负时代赋予的使命和工作。三是榜样之镜，榜样的力量是无穷的。"以人为镜，可以明得失。"以别人的经验教训为镜子，就可以知道对错。一个人如果平日善于反思，又善于以人为镜，不断地总结和反思，对照自己，那么就会保持一种十分清醒的状态。对照先进查找自身不足，加强政策理论和业务知识的学习，把自己培养成为"多面手""业务通""活字典"，自觉服务科学发展大局，坚定不移地推进各项工作创新发展。

把榜样模范、身边的优秀共产党员、科技英模作为人生的一面"镜子"，从现在做起，从自己做起，照镜子，正衣冠，勤奋斗，实为民，在平凡中演绎精彩，在奉献中不断升华。

（此文 2021 年 7 月获滨州市庆祝中国共产党成立一百周年"科技兴国"征文三等奖）

我心目中的媒体英雄

凭借着对新闻事业的热爱，我在县区级融媒体已工作三十年了。这三十年里，我初心不改，为了新闻事业默默地奉献着，在新闻道路上默默前行。

在我们的身边，有不少学习的英雄和榜样。大家知道，榜样的力量是无穷的。只有不断学习，勤奋工作，才能不断地丰富自己。唯有干好工作，才能心安理得。我心目中的英雄是我所崇拜的媒体人：陈中华。

陈中华，1956 年出生，山东莒县人，中共党员。高级记者，文学创作一级。1982 年毕业于山东大学中文系，历任新华通讯社山东分社记者，山东省作协《当代企业家》编辑部副主任、《作家报》编辑部主任、副总编辑，大众报业集团《农村大众》编委、新闻二部主任，大众日报总编室纵深报道组记者、政教中心记者、特派记者组记者。2006 年加入中国作家协会。创作中、短篇小说和报告文学多部。短篇小说《黄儿》获首届齐鲁文学奖，中篇小说《脱臼》获第二届泰山文艺奖（文学创作奖）。

大家也许对陈中华的名字并不陌生，谁都知道陈中华有两件"宝"，采访本和电动车。他用过的采访本，正面记录着新闻素材，背面记录的则是采访心得，翻过来是记者观察，翻过去就是作家感言。这两件"宝"是看得见摸得着的。据了解，陈中华还有一"宝"，那就是"吃得苦、受得累、忍得气"，行常人所难行。这个"宝"是他常年在一线和基层历练出来的。

陈中华把新闻事业看作自己的生命。谁都知道记者是个年轻人的行当，一般记者都是从二十几岁血气方刚的时候做起，而陈中华到大众日报社当一线记者时已过了不惑之年。陈中华淡泊名利，并没有因为在省级媒体整合之前一直担任的《作家报》副总编辑转为一线记者而纠结。

陈中华在任大众日报社记者期间，长期工作在新闻采编一线，先后到全省一百多个县区市、三百多个乡村进行采访，热情报道了山东各地改革开放和经济社会发展取得的新成就，充分反映社会主义新农村建设的新风貌，写下了 120 余万字的采访笔记，许多报道在社会上产生了广泛影响，先后获得 50 余项各类新闻奖，曾荣获"全国优秀新闻工作者""山东省优秀新闻出版工作者"荣誉称号。陈中华长期深入农村采访，被农民群众誉为"庄稼地里长出来的记者"。

陈中华艰苦朴素，淡泊名利，廉洁正派，始终保持一名普通记者本色，经常骑着自行车走街串巷。2006 年，他身患重病，在治疗期间仍坚持采访，把新闻事业当成生命的支柱和动力，成功战胜了病魔。2009 年，中宣部、中国记者协会下发《关于在全国新闻界开展向陈中华同志学习活动的通知》，号召全国新闻界学习陈中华同志先进事迹。

衡量一个记者是否真正实现了自我价值，不在"官位"高低、职称如何、挣钱多少，首先看能不能写出好稿子。陈中华是我们身边的榜样，心目中的英雄。在工作中，我们应该学习陈中华同志的先进事迹，深入生活，采访那些默默奉献的群众，报道社区、邻里的大事小情，采访出鲜活的新闻，书写出接地气的报道。要像陈中华那样做个好记者，就得耐得住"寂寞"。

真正的记者，没有人情世故的迎来送往，有的是正义于胸的铁骨铮铮；没有各种各样的客气客套，有的是田间地头的深入调查研究。甘于寂寞，就是要平静自己的内心，在纷繁复杂的社会中找到自己准确的定位。我们要学习他的采访作风、学习他的敬业精神。要学习他的敬业精神、扎实作风，要学习他的责任意识、精品意识、创新意识。

作为记者，要像陈中华一样走出高楼、走出办公室、走到一线，下沉到百姓中间，努力创作精品佳作奉献社会。要想采写出生动深刻的新闻作品，就要像陈中华那样俯下身子，千方百计采访到新闻事实的真相，不管刮风下雨，不论严寒酷暑，只要有新闻线索就立即赶往采访现场；只有这样，广播电视宣传才能让人真正入眼、入耳、入脑、入心。

陈中华像一面镜子，人人都可以拿来照照自己，我们要像他一样走出高楼大院，深入现场一线。只有深入采访，才能写出生动的稿件。我曾写过这样的诗句：

当代好记者陈中华

你的事迹传遍大街小巷

传遍了全国新闻战线

我们要向你学习

学习你为新闻理想不懈追求

学习你珍惜脚下这片舞台

学习你走出高楼深入一线

学习你以工作与病魔斗争的敬业精神

你是我们的榜样

是你给了我们信念的力量

我们将你的一线工作法发扬

共同在"庄稼地"里成长

……

（此文 2021 年 11 月 1 日获青年作家网 2021 年度"呐喊·自媒体时代下的草根作家的苦与乐"征文希望之星奖）

德艺双馨的艺术家常香玉

中国共产党建党一百周年，《人民日报》开办了"奋斗百年路 启航新征程·数风流人物"栏目，当年6月2日刊登了《常香玉：德艺双馨的艺术家》，我反复读了十几遍。常香玉老师的音容笑貌又浮现在我的眼前。我和常先生有过几面之缘，但每一次见到常先生，给我的印象都极为深刻。

1989年9月8日，人民剧场内，容纳上千人的观众席告满。由国家计划生育委员会主办的"首届全国计划生育文艺调演"在此开场。

只见舞台上一束聚光灯伴随着一位年逾花甲的老人与一位中年妇女款款步上舞台。她们一展歌喉，便犹如给剧场注入了一阵恬淡的清风，一曲未毕，观众欣然，台下响起了经久不息的掌声。

热烈掌声之后，她们又为激动的观众唱起了《花木兰》选段《谁说女子不如男》。这是我第一次近距离见到著名豫剧表演艺术家常香玉老师和她的三女儿陈小香。

由于对常香玉老师仰慕已久，演出后，我特意赶到了她下榻的宾馆拜访。当时我在北京当兵，是一名新闻、文学爱好者，所在的部队派我到《中国人口报》实习，学习新闻编辑业务。时任《中国人口报》家庭文艺部主任王瑛派我去采访常香玉先生。当时我是一名武警战士、报社的实习生，说实在的，采访这样一位著名的表演艺术家，心里还真有点儿发怵。尽管如此，我还是做了充分的案头准备，翻阅了常香玉的有关资料，设计了许多采访内容。没想到，采访是顺利的，我在当时她下榻的宾馆采访了她。

时年 66 岁的常香玉，言辞诚恳，举止干练，虽然岁月的痕迹已经悄悄地爬上了她的双鬓，但她看上去仍然是那样富有活力。透过她那温和的目光与自信的微笑，我仿佛感受到了她大海一般的宽广胸怀与蓬勃朝气。

常香玉本名张妙玲，1923 年 9 月 5 日出生在河南省巩县（今巩义市）董沟，9 岁起随父学艺并开始登台演出。1949 年前，常香玉学戏、演戏屡经坎坷，饱受社会恶势力压迫和欺凌，但她在极其艰苦的条件下，耐心琢磨，熔豫东、祥符各调于一炉，博采众长，大胆创新，开创了豫剧唱腔改革之先河，练就了"吐字重而不死、轻而不飘"的绝技。常香玉 9 岁登台，12 岁就已经小有名气。她的豫剧演唱深受我国广大人民群众的喜爱。1952 年，常香玉的爱人陈宪章将京剧《花木兰》改编成豫剧，并在北京参加了第一届全国戏曲观摩演出大会。她的唱腔舒展奔放，吐字清晰，表演刚健清新，细腻洒脱，由她领衔主演的《花木兰》一时间风靡艺坛。她的戏路宽广，勤奋好学，她表演的豫剧《拷红》《白蛇传》《破洪洲》《大祭桩》《五世请缨》等诸多剧目几乎都家喻户晓。她挑选剧本十分严谨，注重爱国剧目和助人精神。像《破洪洲》中饰演 25 岁的穆桂英，《五世请缨》中饰佘太君，以及《拷红》中的红娘等，成功地塑造了一个个观众喜爱的人物形象。

常香玉老师对豫剧如痴如醉的热爱，在那个特殊年代即使受到了迫害，她也没有忘记自己的事业，始终坚持练唱和练功；她认定人民大众喜爱的艺术，总有一天会尘埃落定，是非澄清，她将会再次登台演出，为全社会和人民群众服务。虽然那场浩劫 10 年才结束，但她还是咬牙挺过来了，她的愿望终于实现了。

上了年纪的人们恐怕都不会忘记，1951 年夏天，全国掀起抗美援朝的热潮。常香玉率剧社巡回西北、中南和华南各地义演。常香玉卖掉了剧社的运输卡车，取下金戒指，拿出多年的积蓄，作为捐献义演的基金。半年的时间里，常香玉带领香玉剧社走遍大半个中国，义演捐款金额高达 15.2 亿元（旧币），以演出收入完成了捐献一架战斗机的目标。常香玉 1953 年率团赴炮火连天的朝鲜战场，为中国人民志愿军和朝鲜人民军慰问演出 175 天，演出 180 场，受到中国人民抗美援朝总会和西北军政委员会文化部等部门嘉奖，被誉为爱国艺人。

"戏比天大"是常香玉一生的座右铭，她视艺术为生命。她博采众家之长，集豫剧之大成，形成了深受广大群众喜欢的常派艺术。

1989 年，66 岁的常香玉不顾年迈体病，参加了在北京举办的首届全国计划生育文艺调演。调演之前，常香玉因右眼患青光眼在京治疗。河南省计划生育委员会申副主任找到了她的女儿常小玉，希望通过电话与常香玉商量演出之事，当得知是为计划生育宣传演出时，她二话没说，一口答应。为了节约演出经费，她不带乐队，急忙买好车票从北京赶回郑州录音。由于眼病，在录音时她被搁置在一边的东西绊了一跤，66 岁的她重重地摔在地上，腿被摔青摔肿了，但她仍然坚持录音。

1989年9月10日，我将刊有我写的《谁说女子不如男——访著名豫剧表演艺术家常香玉》报纸给常香玉送去，她的老伴陈宪章热情地接待了我。当时我清楚地记得，报社的王俐京还委托我拿签名簿求常老师签名。我提出请求后，常、陈两位老人非常爽快地给签了名。当我将签名拿给王俐京时，王俐京激动地问我当时签名的难度，我高兴地告诉他，常老师非常友善，我一提出，两位老人就爽快地答应了。在以后的日子里，我又有几次与常老师谋面的机会，每一次交谈都能体会到"戏比天大"是大师的座右铭。每一次从电视上或是现场观看常老师的演出，总感觉像是陈年老酒，越听越有味道。

常香玉老师的生活十分简朴。我每次见到她，都有一种亲近感，朴素的着装，待人和蔼。唱戏先做人、无德艺不立、德艺双馨是常香玉一生的追求。常香玉2004年被追授为"人民艺术家"荣誉称号。2009年当选"100位新中国成立以来感动中国人物"。常香玉老师在2004年永远地离开了我们，我曾以《我所见到的豫剧大师常香玉》为题撰写悼念文章发表在《滨州广播电视报》上，并被录入团结出版社出版的《与新闻结缘》一书。

常老师，您永远活在我们心里，戏比天大，您是榜样，我们铭记于心，永远，永远……

谁说女子不如男

著名豫剧表演艺术家常香玉老师从9岁开始，就登台演出，她的豫剧演唱深受我国广大人民群众的欢迎。她戏路宽广，勤苦好学，她挑选剧本十分严谨，注重爱国剧目和助人精神。

上了年纪的人们恐怕还都记得，抗美援朝时期，常香玉老师率领剧社在西北、中南和华南等地义演，以全部收入捐献"香玉剧社"号战斗机，被誉为"爱国艺人"。

有一年，在洛阳的伊川县庙会上，常香玉老师搭台演出宣传计划生育节目，每场观众达2万人，演出8场，受教育群众达16万人次。有位老太太到后台拉着她的手说："老妹子呀！您唱戏俺欢迎，您宣传计划生育可不中，咱家连个男孩还没有哩！"常香玉笑眯眯地答复道："您是女的，我也是女的，咱不生男孩，别人生男孩，男孩、女孩还不都一样？谁说女子不如男。"

常香玉老师在年迈之际，除了演出之外，还在做总结自己艺术生涯的工作，古稀之年的老伴陈宪章正与她合写一本回忆录，她还准备写一部《艺术道路》，总结常派艺术。作为全国人大代表，她还担任着沈阳音乐学院名誉教授、河南大学艺术系名誉教授等职务。除接待大量的来访者和学艺者，她还成立了"香玉杯基金会"，鼓励豫剧、曲剧和剧作家新秀。她用自己的行动来证明：谁说女子不如男？

敢于向"地神"挑战的滨州人

土地背负人类，养育着人类。历史是最好的教科书，滨州土地史上有过辉煌的一页。我想，在奋斗百年路、启航新征程的前进道路上更应以史为鉴，牢记初心，砥砺前行。

中华民族视土地为生养之本，对黄土地最钟情。庄严的紫禁城里那神圣的祭坛，虔诚地供奉着养育万物的五色土。偏远贫寒的乡村，也会有一座土地庙，供奉着土地爷。

说起"土地爷"，人们便想起整日与土地打交道的土地管理局。今天让我们穿越到20世纪90年代的滨州市，那里的"土地爷"不但不土，而且还讲起了高新科学，竟将全球定位系统GPS导航测时系统应用于地籍测量，一改过去那种皮尺拉、杆子量的传统测地方法，掀起了土地史上新的光辉一页，并很快在全国得到了推广。

"土地爷"中有位领头雁，50岁左右，1.70米的个子，明亮的眼神中显出聪慧开拓的锐气。他思维敏捷果断，话语幽默。和他接触过的人，对他有这样一种印象：诚挚、刚强、精干、平易近人，工作脚踏实地，一步一个脚印。他由一名农家孩子、刚正干练的军人到业绩卓著的"土地专家"——他就是山东省优秀共产党员、原滨州（县级）市土地管理局局长张实臣。

在平凡的土地管理中，张实臣带领全局干部职工，拼搏进取。

土管局多次被省、地、市评为先进单位，他本人多次被评为省、地、市先进工作者，优秀军队转业干部、学焦裕禄先进个人、地级劳动模范。

奋斗进取，岁月峥嵘；改革创业，步履维艰。从张实臣不断奋进与超越的人生足迹中可以领略到人性的光辉，从张实臣身上可感受到共产党人以恒心守初心、以生命赴使命、坚定信仰不被任何困难所压倒的乐观创业奋斗精神。

军旅生涯

斗转星移，时光荏苒。当在人生的旅途上走过18个年头的时候，张实臣实现了童年的梦想与期盼，开始了他长达25年的军旅生涯，这是1963年的秋天。

从一个穷苦的农村娃子，到一名光荣的解放军战士，这是他人生的一次重大转折。

他决心努力学习，刻苦锻炼，在部队这所纪律严明的大学校中发展、锻炼自己。

在新兵连里，他白天摸爬滚打苦练基本功；晚上，挑灯夜战，刻苦学习文化知识。紧张火热的军营生活锤炼着他……

新兵连结束后，他被分配到连队当炮兵计算员。从此，他开始了军旅生涯。1965年5月，张实臣光荣地加入了中国共产党，他决心将自己的一生投入党和人民的伟大事业中。

在二十多年的军旅生涯中，他先后担任过排长、连长、团政治处主任、团政委、师政治部副主任，多次受到团、师、军的嘉奖，荣立三等功一次，济南军区《前卫报》、山东省《大众日报》整版刊登过他们连的先进事迹。

出任土官

1987 年底，42 岁的张实臣告别军营，卸下戎装，回到了阔别多年的故乡滨州市，任滨州市土地管理局局长，实现了他人生的第二次转折。

当时的滨州市土地管理局"办公没有桌，住房没有窝，做饭没有锅，出门没有车"。报到后，他和妻子、儿女走进租赁的民房，看到斑驳的四壁，满地的垃圾臭水，他和妻子儿女挽起衣袖打扫了整整一天，这位走马上任的新局长才算有了"安身之处"。

张实臣走马上任后，面对人地矛盾日益突出、耕地锐减的形势，面对党的重托，人民的厚望，面对千头万绪的工作，他苦思冥想，决心转变人们的传统观念。

观念的转变，难于行动的转变。

曾经，中国人以"人口众多，地大物博"而自豪，这句话曾鼓舞了几代人。

在滨州这片沃土上，土地人均占有量也逐渐缩小。耕地每人平均占有量从中华人民共和国成立初期的 3.14 亩减少到目前的 1.22 亩。面对严峻的形势，怎样保护和利用这仅有的土地呢？

滨州市土地管理局四位局长、三位军转干部，在他的带领下，以军人雷厉风行的作风，以泰山挑夫般的毅力，这个坚强而又团结的集体，挑起了国家和人民赋予的责任。

"落后面貌非改不可!"张实臣掷地有声。

滨州市土地管理局从何入手开展工作呢?他们几经磋商达成共识,决心首先抓住改变人们的旧观念这关键一环。

运用各种宣传工具和宣传手段,广造舆论,形成人人学习、谈论、执行土地法规的氛围。由城市到乡村,在街区、马路和围墙上,过路横标和标语,像座座警钟,警示人们"为了子孙后代的生存,珍惜每一寸土地""但求方寸土,留与子孙耕"。

土管局联合教育、团委等部门,专门下发了认真加强中小学国土观念的通知,提供教材5000余册。与滨州团市委、滨州电视台联合举办《土地管理法》知识电视大奖赛活动。在滨州人民广播电台开设专栏,联合创办了"土地之窗"栏目。

土地日期间,全局干部职工上街宣传;举办了学制为一年的乡镇级土地管理员教育培训班,使学员熟练掌握了土地管理的有关法规和政策理论;印制关于土地政策、管理等知识的台历发放到各机关、厂矿、乡镇、村庄,掀起了宣传《土地管理法》的高潮。

为了新兴的土地管理事业,为了保护好每寸土地,滨州市土地管理局还以土地使用的观念改变为先导,强化土地依法管理和加强制度的建立,公开用地审批制度,顶住说情风,打破关系网,抵制行贿受贿,坚持原则,按制度办事。

张实臣凭着在部队多年来丰富的政治思想工作经验,制定了13项108条规章制度,又先后制定了"七要六不准",完善了秉公执法的制度。对违法占地,他们不怕软,不怕硬,不管是上头的还是下边的，依法进行处罚，补办手续。滨州化工厂年产七万吨的重油催化裂化项目，用地近四百亩，涉及五个村，地块复杂。时值隆冬季节，他们不畏严寒，团结协作，在认真调查、排解纠纷、分清权源的基础上，仅用了一天的时间就完成了划界定桩任务，保证了工程建设。开展的土地清查，对隐形土地市场的清理，收回了国家流失的地租，增加了财政收入。以地生财，依法出让土地，仅 1992 年就出让 20 块，为国家增加财政收入 83 万元。

打铁还需自身硬

"打铁还需自身硬。"张实臣面对书架上一摞摞的土地管理书籍，暗下决心，要加强业务学习，做一名合格的土地管理干部。

俗话说："人到四十不学艺。"可已四十多岁的张实臣迫不及待，如饥似渴，一面向书本学习，一面向实践学习，他给自己制订了学习计划，可就是没有规定时间，因为时间对他来说太少了。他白天要到野外测量，晚上还得写材料绘图，想挤点儿时间学习真不容易，但他信奉鲁迅先生那句话："时间就像海绵里的水，只要愿意挤，总还是有的。"

张实臣正是靠"挤"来赢得时间，挤午休时间，挤晚上时间，挤一切可以利用的时间，孜孜不倦地学，不停地记。《土地管理法》《城镇地籍管理》《土地资源详查》《土地改革初探》，他啃了一本又一本，常常学到深夜。平时，他更注重向别人学习。1990 年夏，同济大学教授金国雄来到滨州市滨城区土管局帮助勘察，刚下车就被他接到办公室，一项项地向金教授请教起来。

"功夫不负有心人"，张实臣不仅能把《土地管理法》的条款讲出来，而且还主笔撰写了《滨州市城镇地籍调查技术设计任务书》《滨州市城镇地籍调查总结报告》《滨州市土地管理手册》，从此"土地爷"的雅号和张实臣紧紧地连在一起。

行动是最好的命令

用行动感化人，用行动带动人——这是已成为土地专家的张实臣提高干部职工积极性的金钥匙。

1989 年冬，滨州市土管局接到上级业务部门的指示，快速度、高精度、高质量地完成两大任务：一是城镇地籍调查，二是土地资源详查。这两项任务是滨州市乃至全国 1949 年以来的第一次，从方法步骤到技术总结没有前人的经验可供借鉴。

人才、技术、仪器一系列困难摆在了张实臣的面前，但此时的张实臣只看准了一点，地籍调查包给别人搞需要投资 100 万元，自己部门搞仅用 20 万元，可为国家节约 80 万元，只要能为国家节约资金，没有条件也要上。张实臣的犟脾气又上来了，在全国土地管理系统首开纪录，采用国际上最先进的 GPS 单频接收机定点定位。

1990 年，当城镇地籍调查这项艰巨的任务落在了张实臣等一班人的肩上时，面对这个新课题，他们摒弃了常规，而以大无畏的气概采用 GPS 高新技术。冷漠者摇头：不知天高地厚，真是一个张大胆，叫好者击掌：好一个张大胆，工作就要这么干。

冷嘲热讽丢一旁，击掌称快暂不顾。

张实臣以惊人的胆识、不俗的举措带领几位干将，采用三台
GPS 单频接收机，采用相对定位的方法，经过数月奋战，顺利完
成了滨州市区 25 平方千米的地籍控制网的测定，终于为测量画上
了圆满的句号。地籍控制网布网比传统作法提前一个多月完成，
且测量精度高，最弱点位中误差小于 1 厘米，边长实测误差 1—2
厘米，其精度大大高于国家规程要求。

国家土地管理局 1993 年 7 月在滨州召开了现场会，推广滨州
经验。滨州市 GPS 地籍控制网技术获得山东省土地管理局科技进
步一等奖、国家土管局科技进步二等奖，并在全国地籍测量中得
以推广应用。

实干结硕果

人们常说：事业是干出来的。用张实臣的话说："实实在在
的事，实实在在地办"。滨州市土地管理局组建 10 年来，一步一
个脚印，一年一个台阶。千头万绪的工作，张实臣对脚下这片黄
土地，注入了深厚情感，再滨州市滨城区 1040 平方千米的土地上
留下了他闪光的足迹。

人们总习惯于对比，打开封尘的记录，看看张实臣呕心沥血
换来的成果：小洼地中拔起的宿舍楼，整洁的办公室，先进的测
量仪器。16 幅滨州市及各乡镇土地利用现状图，919 幅村地籍图，
123 幅滨州市分幅土地利用现状图，全市埋设了 19165 根各类界
桩，建立了 1025 个各类控制点。

滨州市土地管理局：

1991 年 4 月，被评为省级机关档案管理先进单位。

1991 年 7 月，获省土地资源调查优秀成果奖。

1992 年 4 月，被评为省级先进单位。

1992 年 8 月，GPS 控制网建立获国家科技进步二等奖。

1993 年 3 月，分别获国家局城区地籍调查科技成果一等奖、城区地籍调查科技进步三等奖。

1994 年 12 月，土地利用总体规划获国土局优秀成果三等奖。

1996 年分别被省精神文明办公室和省土地管理局授予精神文明先进单位，被国家人事部、国家土地管理局授予"全国土地系统先进单位"光荣称号。

十年来，滨州市土地管理局共获奖 70 余项，其中省级以上奖项 25 项，连年被市地评为先进集体、模范基层党组织和精神文明先进单位。

国家土地管理局副局长马克伟等领导四次到滨州，对滨州市土地管理工作给予高度评价。全国 70 多个土地管理部门先后到滨州取经学习。1993 年 7 月，全国 GPS 成果应用推广会在滨州召开，滨州市土地管理局做了题为《推广 GPS 技术，发展土地科学》的典型发言。之后，滨州市土地管理局又被国家土地管理局列入县市级日常地籍管理全国试点单位……

GPS 项目的成功，也为张实臣冠上了荣誉："省模范军队转业干部""焦裕禄式好干部""模范共产党员"，等等。他任职 10 年，滨州市土地局连续 5 年被省土管局评为"土地管理先进单位"，被国家人事部、国家土地管理局评为 1995 年度"先进集体"，

25 项科技成果获省级以上奖励。

滨州人民广播电台、山东人民广播电台、《滨州日报》《大众日报》《中国土地报》先后对张实臣的事迹进行了报道。张实臣的事迹还分别被收入《群星璀璨》《公仆风采》《当代改革英才征文选》等书籍。

GPS 项目的成功，吸引了全国 300 多个县的 5000 多名代表前来参观学习。GPS 项目的成功，使人们想起了与卫星同步、向地神挑战的人——张实臣。GPS 项目的成功，感动了国家测绘局测绘所主任顾旦生、中国科学院专家张金通、同济大学教授刘大杰，三人联合赠诗赞扬张实臣："廉政勤政为人民，两袖清风不染尘。戎装脱去风流在，扪心自问是仆人。"

对共产党人来说，信仰如同北辰，如同灯塔，始终为奋斗前行提供价值导航、思想引领和动力源泉。历史是一面镜子。以史为镜知兴替，以史为鉴明得失，以史为师立德行。心中有信仰，脚下有力量。从英雄人物、时代楷模、身边的榜样身上体悟道德风范，身处世界百年未有之大变局，立足百年大党新起点，让党的精神谱系的传家宝永放光芒。

尽管这么多年过去了，像张实臣这样的身边榜样永远地离开了我们，但我们应该记住滨州土地史上那辉煌的一页，不忘昨天，把握今天，相信滨州的明天会更好……

（此文获"碧血丹心　百年颂歌"滨州市庆祝中国共产党成立100 周年主题文学征稿优秀奖）

我们村的百岁人

我的家乡齐耿村，坐落在黄河以北，隶属滨城区沙河街道高桥社区。不足千人的村庄，团结友爱，邻里和睦，人们生活得有滋有味。

黄河养育了一方人。齐耿村的名字远近闻名。倒也有将齐耿村和齐耿于村混淆的，其实齐耿于村是齐耿村和于新村的统称，由于两个村庄挨得太近，又有着千丝万缕的联系，一般人还真分不出是两个村庄。

最近一段时间，齐耿村的百岁老人兰秀针举办的百岁生日寿宴，在当地传为佳话。

2021 年 4 月 19 日（农历三月初八），山东省滨州市滨城区沙河街道齐耿村格外热闹，所有人都在庆祝一件大喜事，共同祝福李氏族中首位百岁长者兰秀针老人期颐华诞。

山中常有千年松，世间难逢百岁人。我们面对百岁老人，无异于面对一个生命的奇迹。兰秀针老人是齐耿村第一位百岁老人。

兰秀针老人生于公元 1921 年农历三月初八，已经整整 100 周岁，五世同堂。一百年前的今天，兰秀针出生在里则街道兰家村一个贫困的家庭里，幼年父母早早离世，跟着三爷爷相依为命，17 岁嫁到齐耿村老李家。兰秀针老人孝敬公婆，任劳任怨，与人为善，乐善好施，是远近闻名的好儿媳、好媳妇、好母亲。

从民国到新中国，兰秀针历经生活磨难、百年沧桑，从吃不饱、穿不暖，到有吃的、有穿的，再到现在吃好的、穿好的，使她养成了坚强乐观的性格。用她的话说：是共产党打下天下，让我们老百姓过上了好日子。没有共产党，就没有新中国。没有共产党，就没有幸福的今天。兰秀针老人见人就说共产党好，她庆幸自己的儿孙，感谢赶上了好时代。

兰秀针老人一生养育了四个儿子和两个女儿，现在，老人的长子李宪桓已经八十岁了，四儿子李宪文也快六十岁了。算上孙子、外孙、重孙辈，老人膝下是子孙成群！子女无微不至的照顾与关心是老人安度晚年的前提和保障，老人的儿女们早已都是年过半百的老人了，但是他们依然在母亲的床前尽孝，让老人生活上得到照顾，心理上得到安慰与陪伴，孙子、重孙辈的孩子们也陆陆续续地接过父辈的班，担起照顾老人的重任。正是这种父与子"孝"的传递，才让中华孝道流传千百年。

俗话说：百善孝为先。中华民族有着爱老敬老的优良传统美德，兰秀针老人的子女们非常孝顺，照顾老人的衣食起居，搀扶老人串门晒太阳。老人的身体很硬朗，现在每天还出门走走。从她的举止动作看，和八九十岁的人没有什么区别，怎么都不像百岁的老人。老人的思路清晰，能正常与人交流，就连重孙子们也都愿意和她玩。

为了筹办老人的百岁生日，几个儿子和儿媳忙前忙后，女婿、孙子、孙女齐上阵，精心细致地策划。生日宴上，兰秀针身穿红色衣服格外精神。兰秀针老人慈眉善目，鹤发童颜，干净利索，全身上下都透着一股喜庆。

拜寿仪式上，兰秀针老人的儿子、女儿要行隆重的跪拜礼。大儿子李宪桓已经八十多岁了，跪下起来也不容易，但他们仍然坚持完成了跪拜礼。

兰秀针老人高兴得合不拢嘴，看着眼前的一大家人，连声说："别跪了，别跪了。"

儿女、媳妇、侄子侄女侄媳妇、孙儿孙女孙媳妇、重孙辈的后人们依次排开，为老人行跪拜礼。

拜寿仪式简单喜庆，举行过跪拜礼后，李氏后人为兰秀针老人精心准备了六层蛋糕，象征着六个儿女祝寿，祝老人家寿比南山不老松。四儿子李宪文在祝寿词中说："我母亲言传身教、积德行善的品德是留给后人的宝贵财富，是李家人丁兴旺的源泉，是我们与之传承的家风。也正是兄嫂、姐姐们的悉心照顾，才使得老母亲生活安康，幸福快乐。"

千年古松恋青山，百岁老人爱后人。兰秀针老人是齐耿村李姓门族人中第一位百岁寿星。李氏后人们谨遵孝道，传承优良家风，将老人照顾得无微不至。父辈年龄大了，传承接力，孙子、重孙也开始照顾起老人的生活，他们表示，今后将一如既往地尽心尽力给兰秀针老人创造更好的生活条件，让她老人家过得更幸福。

滨州市滨城区吕剧团"戏曲进乡村"文化汇演来到齐耿村，恰逢兰秀针百岁生日。演员们纷纷登台带来精彩的歌曲、戏曲表演，让戏曲"飞"入寻常百姓家，来到群众身边。吕剧是乡亲们喜欢的剧种之一，演员们带来了吕剧《婆婆》，兰秀针老人尽管已是百岁，仍然精神矍铄，在戏台前津津有味地欣赏戏曲。

2021年是中国共产党建党一百周年，一百年的风风雨雨，一百年的成功与辉煌在历史的长河中塑成一座丰碑。兰秀针老人从民国到新中国，历经生活磨难、岁月沧桑，使她养成了坚强乐观的性格。她庆幸有一帮好儿女，赶上了新时代，感谢共产党的领导，她见证了中国从站起来到富起来再到强起来，是历史的见证人，是沙河街道党史学习教育的优秀资源。沙河街道将讲好百岁老人见过、听过、经历过的好故事，并且大力弘扬尊老爱老的良好风尚，通过对老人的关怀营造孝老敬亲的社会氛围。

媒体记者闻讯赶来采访了兰秀针老人，兰秀针向记者回顾了过去吃糠咽菜的艰难岁月，讲述了在共产党领导下来之不易的幸福生活。记者们听百岁老人话"世纪人生"，共同追寻党的百年历史。滨州日报以题为《百岁老人生日颂党恩》进行了报道。山东商报滨州新闻第五版以《兰秀针：期颐华诞颂党恩》为题整版图文报道了这一盛事。滨城融媒、滨城电视台对兰秀针老人进行了报道，在社会上引起强烈反响。滨州网《沙河街道百岁老人兰秀针迎寿诞颂党恩："共产党好！"》阅读量创新高。

看着眼前的兰秀针老人，人们探寻她的长寿秘诀，她的孩子们告诉我们：一是良好的心态，二是适量运动，三是少肉多素，多吃青菜。乐善好施是她毕生的追求，她曾长期帮助在村里流浪的一疯癫妇女达十余年，每当看到来村里乞讨的人她都会给予最大的帮助。

齐耿村是我亲爱的家乡，我爱齐耿，我爱家乡。我祝兰秀针老人福如东海长流水，寿比南山不老松。我愿齐耿村的老少爷们生活美满、人寿年丰，将来出现越来越多的百岁老人……

勇立潮头唱高歌

他，1967年生于滨州市沙河街道办小安定村，幼年在家学习，中学毕业后从事拖拉机运输工作，靠着自己那股子不服输的精神，在运输的道路上，从一个毛头小伙子成长为业界的知名人士。他为了更好地经营企业、经营人生，2011年参加了山东大学网络教育学院工商企业管理专业的学习，克服诸多学习与经营的困难，2014年圆满完成学业，成为一名优秀的毕业生。2012年，踏实肯干、头脑灵活的他多年的愿望得以实现，创建了滨州市万青商贸有限公司，公司良好的经济效益和社会效益赢得了社会各界的广泛好评。他就是滨州市万青商贸有限公司总经理、中国民主促进会会员、滨城区政协委员张士柏。

自谋职业　闯出新路

张士柏出生在滨州黄河岸北边的一个小村庄，弟兄五个，还有两个姐姐，他在弟兄中排行老五。父母拉扯一大帮孩子不容易。士柏是一个孝顺的孩子，看在眼里，急在心里。为了给这一大家庭减轻负担，他中学毕业后就开始学手艺。20世纪80年代学会了开拖拉机，那时周围村庄开拖拉机的也没几个，他帮助周围村庄的乡亲们拉石头、运沙子，来回捎带脚，每天忙得不亦乐乎。从小性格倔强的张士柏，骨子里有一股不服输的劲头，干起活来没说的。渐渐地，乡亲们都喜欢这个小伙子，都乐于让张士柏帮忙运沙石料。张士柏的生意越来越红火，找了个同村姑娘做媳妇，小日子过得有滋有味。

1988 年，张士柏不断寻找商机，他感觉拖拉机有局限性，汽车才是今后运输行业的主力军，他又报名学习了开汽车。驾照拿到手后，张士柏经过一番思考，觉得光给人家开车不行，今后要有自己的汽车，这样道路才会越走越宽。张士柏想了各种办法，2003 年购买了一辆二手解放牌半挂汽车，至今他还保留着那辆车的照片。每当说起那辆半挂汽车他都滔滔不绝，从他的话语中能够听出当年购买那辆车的自豪感。

张士柏善于学习，不断总结自己。他说，十几年来，遇到了很多困难和艰辛，在国家政策支持和朋友们的帮助下，排除了种种困难，坚定立场，在严峻的形势下生存了下来并打拼了一番事业，领导一个团队坚持了下来。他喜欢用习近平总书记的那句"撸起袖子加油干"鼓励自己和员工。他说：天上不会掉馅饼，幸福是奋斗出来的，我们只有开动脑筋，撸起袖子加油干，我们的日子才会一天更比一天好。

自从买了那辆解放牌半挂汽车，张士柏就琢磨着如何发挥优势，在物流运输的道路上奋勇向前。他依托滨化集团生产沥青的优势，广开渠道，广交朋友，掌握第一手信息资料，跑东营，去沧州，到保定，联系客源，从自己运输向物流运输集群迈进，从一辆车到两辆车，慢慢发展到拥有自己的物流运输队伍。2012 年，张士柏注册成立了滨州市万青商贸有限公司。公司始终为客户着想，提供好的产品和技术支持和健全的售后服务，赢得了广大客户的青睐。业务范围不断扩大，石油道路沥青（70#、90#）、渣油、石油焦、石油机械及配件、建材、金属材料、化工原料、化工产品，应有尽有。张士柏抓大也不放小，还承揽了各种仓储服务、普通货运等业务。他把公司管理得井井有条，车辆送下货后还可捎货回来，经济效益不断实现新突破。

诚信经营　以人为本

张士柏树立良好的企业管理理念，始终奉行"诚信求实、致力服务、唯求满意"的企业宗旨，全力跟随客户需求，不断进行产品创新和服务改进。2013年，为建设河北省枣强县全国最大的皮草市场，张士柏动用车辆运输5000吨沥青，受到当地政府和客商的好评，并应邀参加了市场开业庆典。张士柏不断拓宽合作视野，眼睛转向全国市场的中小型企业客户群。以质量求生存，以客户满意为服务宗旨。不断提升企业的核心竞争力，使企业在发展中树立起良好的社会形象。目前公司已发展到有车辆50多部，员工近80人。

在商海中，张士柏不断学习，努力提升企业管理理念，凭借专业的水平和成熟的技术，以科学的管理手段、雄厚的技术力量，不断创新机制，深化改革，适应市场，全面发展。公司与滨州多家贸易经纪与代理商建立了长期稳定的合作关系，凭借着品种齐全、价格合理，企业实力雄厚，重信用、守合同、保证产品质量等诸多优势，以多品种经营特色和薄利多销的原则，赢得了广大客户的信任。

张士柏信奉"孝行天下"。祖辈是这样教育他的，他认认真真地践行着，严格地传承着。富裕起来的张士柏，没有忘记回报乡亲们，村里的大事小情，谁家娶妻生子、老人送终他都前去帮忙，实在抽不出时间时，也会让家属跑一趟。高调做事，低调做人。张士柏在乡亲们的眼里，永远是那个"小圆子"（乳名）。

张士柏做事讲原则，做到待人和善。他说，做人做事不能违背常理，不能只想着个人，做事要三思而后行，要都了解，多分析，多调查，做到办事让人口服心服。只有这样，才能领导好一个团队，让广大员工认可你。张士柏是这样说的，也是这样做的。

张士柏在社会上的影响力越来越大。他对家庭的付出也是无法用金钱衡量的，哥哥能参与的就让哥哥参与，侄子能各自做点儿事的就拿出部分资金鼓励侄子做点儿事，能开车参与管理的就安排在公司干点儿活，家庭大大小小的成员都念他的好。他时常说，老人一辈子拉扯我们不容易，老人给我们留下的是亲情的传承，老人给留下的是淳厚的家风。在我们这一代、下一代，要好好传承。张士柏还有一个习惯，办公桌上始终摆着老父亲的照片，尽管老父亲已经走了二十多年。

履职尽责　担当作为

张士柏 2011 年加入了中国民主促进会。作为一名民进会员，他积极参加活动，为当地经济和社会发展建言献策。2018 年寿光遭遇了百年不遇的洪涝灾害，他二话没说，积极参与到捐献的队伍中，并和其他民进会员开车将物资送到寿光县纪台镇孟家村受灾群众的手中。每年"六一"期间，他尽自己所能开展贫困助学行动，张士柏多次将助学金送到沾化区下洼镇贫困学生的手中，他的企业于2018年被授予"爱心企业"。张士柏还被中国民主促进会滨州市委员会评为2017年度社会服务工作先进个人。

张士柏不但是企业老板，而且还是滨城区政协委员。身为滨城区政协委员的他，履行政协委员的政治责任，在每次的政协会议和视察活动中，他以关注民生的高度，力举提案建议，连续几年来提出合理化建议十余条。他从关注民生、保障安全的角度，向大会提出万达广场南首清怡小学新六中学生接送问题，建议合理安排警力，做好家长的工作，杜绝阻碍交通的问题。张士柏还积极履行委员职责，深入乡村调查研究，提出"新发展 新构思"的理念，决心结合当地发展实际，联合一切可以联合的力量，不断转变新形势下经济合伙人理念，尝试探索发展物流铁路运输，特别是依托滨州铁路建设和滨海路建设建立规模较大的仓储物流，实现人生新的跨越。

张士柏由一名拖拉机手起家，到成为今天的万青商贸总经理，他心中时刻不忘共产党的领导，用实际行动发家致富，带领周边的群众走上富裕道路。公司管理是一门学问，车队管理也是一门科学。为管理好公司和车队，张士柏让司机和员工入股，激励全员参与管理，与经济效益挂钩，司机外出送货都实心实意，从没有"跑冒滴漏"现象的发生。就是汽车损坏一个配件，司机也都回公司修理维护，不但节约了时间，更为公司节约了大量的费用。

张士柏有个信念："打造创业平台，带领员工共奔小康。"他时常说，自己富了不算数，帮助部分村民找到合适的门路，让自己的员工都富起来，自己才能感觉到人生的意义。张士柏是这样说的，也是这样做的。张士柏正用自己的实际行动，围绕企业发展做足做活文章，围绕民生和滨城经济社会发展积极建言献策，围绕"六个滨城建设"，贡献自己的智慧和力量。

时光如梭，车轮滚滚，祝张士柏在自己的人生和事业的道路上，乘风破浪，扬帆起航，勇立时代潮头，书写新的篇章，再铸辉煌。

奔波的退伍军人

上周末，山东的天空飘起了雪花。纷纷扬扬的雪，一阵急一阵缓，时而在天空中做出各种诱人的姿态，时而在阳光下翩翩起舞，我喜欢这2021年的第一场雪，思绪便也随着雪花飞舞。

在滨州，具体说是在滨城，有一群人在奔波，奔波在招商引资的路上。这批人最初出现在滨城区"双招双引"招商骨干专题培训班里，他们是从各乡镇街道、单位抽调到滨城区招商专班的，有着在部队服役锻炼的经历，有解放军，有武警。部队熔炉的锤炼，令他们有着与其他人不一样的刚毅坚忍，有一股子不服输的劲头和不怕吃苦的精神。

在苏州工业园区"新加坡新华国际教育集团·新汇点"的学习培训班上，最活跃的就是这批人。专家、教授深入浅出的讲解，让他们眼前一亮。原来招商，就像谈一场恋爱一样，需要用心用情，讲究方式方法，研究战术策略，如同上战场，知己知彼，才能百战不殆。

短短一周的培训归来，他们个个摩拳擦掌，从无到有开始研究招商政策，聘请专家教授为滨城经济的腾飞会诊把脉。苏州的成功经验，激励着他们当中的每一个人。尽管他们是不同岗位上的退伍转业军人，对于他们"没有经验并不可怕，经历代表经验"，只有保持部队优良的作风传统，不怕吃苦，来之能战，敢于亮剑，就一定能打一个漂亮仗。

带头的是众家弟兄眼中的勇哥。勇哥从部队退役，熟悉乡镇工作，在城建和农村工作中是行家里手，对于招商，拿出百分之一百二的热情，详细了解滨州市情和滨城区情，认真分析滨城区吸引投资的优势和不足，他一到办公室，就和这批人讨论滨城招商引资的优势和劣势，探讨如何找准突破口，精准招商。

退伍军人永远保持军人本色，秉承部队的优良传统，退伍不褪色。招商引资是个细活，从新手到招商专家是一个漫长的过程，也不是抽调一帮人就能完成的。如果想真正地招到商、招好商、招大商、引外商、留住商，与系统的招商服务是分不开的。良好的招商环境，为滨城招商引资和企业落户滨城提供了肥沃的土壤。

一群兵，这批人，尽管来自不同的乡镇和单位，他们的言语和行动却透露出，不干则已，干就干出成绩，干一行，爱一行。在最短的时间里，适应招商的新要求，不懂就学，不耻下问，力争在抽调招商引资专班的一两年时间里干出成绩，回报社会，回报乡亲。

招商引资要科学，不能忙而无序，是沿用原始的敲门招商、等人招商，还是产业招商地图，按图索骥？勇哥是个热心人，和弟兄们彻夜研究，终于悟出熟知产业链上、中、下游产品及产业分布，做到精准招商，才是少跑远路，事半功倍的好办法。

招商引资与招才引智相辅相成，超前谋划尤为关键。勇哥带领一班人精心研究滨城区"双招双引"的政策措施，做好一系列的准备工作，按照领导的安排部署，做好常驻北京、上海、深圳等地的招商工作。

勇哥和涛哥是一对黄金搭档，他们去深圳驻点招商。军人自有军人的好处，经过在部队多年的摸爬滚打，不怕生，不惧事，干事利索，雷厉风行。涛哥有一个爱干净的好习惯，喜欢自带水桶洗衣服。每到一处，都带着自己购买的小水桶、行李箱、日用品等，下广东，去河南，跑上海。看到天天奔波在招商路上的兄弟和涛哥的小水桶，我也坐不住了，一首《招商路上的兄弟》，从脑海里跑了出来。

> 咿呀咿，咿呀咿
> 跑进招商队伍里
> 天南地北广阔地
> 一帮兄弟在努力
> 为了家乡更美丽
> 不惜自己好身体
> 出门招商真不易
> 蹲点招商靠实绩
> 行李箱上小水桶
> 看到兄弟汗水滴
> 你是我们好兄弟
> 相互学习要努力
>
> 咿呀咿，咿呀咿
> 下了火车乘飞机

> 天南地北留足迹
>
> 大江南北广阔地
>
> 双招双引再努力
>
> 推介家乡传信息
>
> 为了项目流汗滴
>
> 客商谈参准备齐
>
> 路演效果很给力
>
> 项目落地结硕果
>
> 双招双引创奇迹

他们跑北京、到天津、去安徽，积极对接各类项目，学会了制作 PPT，学会了路演，慢慢地由生硬的打字变成盲打，从对区情不甚了解到能详细讲解，对滨城的发展规划、高铁片区建设详细明了，为当地招商引资提供了大量的可操作项目。

滨城区立足市辖区区位优势，打造新型都市型经济。通过引进高科技项目和电子信息技术、智慧型产业，大力发展现代服务业生产性服务业，围绕主城区，挖掘文化资源优势，用文化创意、金融经济、信息产业带动滨城经济发展。

在招商引资奔波的这批退伍兵，敢于动真碰硬，积极为落户企业保驾护航，帮助企业办理入驻程序，跑注册，跑审批，把工作抓好、抓实、抓细。建立起政企沟通渠道，切实做到走访范围100%，企业满意100%，政策宣传100%。通过全区企业走访月活动的开展，真正把政策讲出去、说明白，帮助企业梳理政策、了解政策、找准政策、用好政策。

为了滨城美好的明天，这批人依然奔波在路上……

勇哥和弟兄们在招商的路上乐此不疲，刚接到通知，又到北京对接企业，不知是谁又高兴地唱起了那首他们自己编排的戏歌：

迎旭日，送余晖。双招双引显神威。

招商引资，招才引智，不分昼夜，起早贪黑，东奔西走，征战南北。

招商引资就像恋爱一样，你中有我，我中有你，相互信任，平等互惠。

为了滨城更美，前期对接，中间谈判，项目落地，开工建设，滨城扬威。

到那时，滨城，腾笼换鸟，凤凰腾飞，游人如织，幸福宜居，城市更美，滨城文化滨城经济腾飞，滨城名传祖国大江南北。

看到勇哥近期的朋友圈，依然奋战在招商引资一线，不是在招商的谈判桌上，就是奔波在招商的路上，每次从外地传回好消息，我都为之感动。

勇哥和弟兄们，好样的！祝福你们在招商的路上阔步向前，一路风光。请转告弟兄们，一路奔波，定铸辉煌，必定辉煌。

诗歌，改变了我的人生

"幸福都是奋斗出来的。"改革开放四十年来的丰硕成果，都是奋斗的结果。20世纪六七十年代的人，深知幸福生活来之不易，没有奋斗，就没有硕果，只有奋斗，才会有成功的喜悦。因为奋斗，所以幸福。

"知之者不如好之者，好之者不如乐之者。"能干工作不如爱干工作，爱干工作不如乐干工作。俗话说："干一行，爱一行，行行出状元。"因工作而快乐，因快乐而工作，是工作的最高境界。在工作中，离不开阅读。读书学习是我每天都要做的事情。处理好工作和阅读，是生活的最高境界。

同样的工作，有的人干得十分起劲儿，感到乐趣无穷；有的人却觉得枯燥无味，浑身没劲儿。其中的原因在哪里呢？笔者以为这主要是取决于每个人对待工作学习的态度不同。有位哲人说过："当工作是一种乐趣时，你就觉得干工作是一种享受；当把工作当作一种负担时，你就觉得工作是一种劳役。"由此看来，一个有作为的人，聪明的人，就要不断为工作注入快乐元素。

纪伯伦曾说："我宁可做人类中有梦想和有完成梦想的愿望的、最渺小的人，而不愿做一个最伟大的无梦想、无愿望的人。"人的一生要有梦想并为之而不懈奋斗，才能实现人生的价值，才不会在回首往事时因碌碌无为而后悔。

　　我在工作的同时，不忘读书学习，读诗就是其中一部分。可以说，诗歌改变了我的人生。

　　诗歌起源于上古的社会生活，是因劳动生产、两性相恋、原始宗教等而产生的一种有韵律、富有感情色彩的语言形式。诗歌是最常见的一种文学样式。

　　《尚书·虞书》记载："诗言志，歌咏言，声依永，律和声。"《礼记·乐记》记载："诗，言其志也；歌，咏其声也；舞，动其容也；三者本于心，然后乐器从之。"早期，诗、歌与乐、舞是合为一体的。

　　我真正认识诗歌、创作诗歌，是从 20 世纪 80 年代认识诗人陈满平老师开始的。陈满平出生于 1939 年，笔名满平，江苏靖江人，中国当代著名诗人。曾历任中国青年出版社、中国少年儿童出版社、《青少年之友报》《儿童文学》杂志编辑，《读书报》主编，中国人口出版社副编审，《社会经济信息报》副总编辑，中国社会经济调查所所长。1959 年开始发表作品，著有诗集《晨光》《生命之树》《陈满平短诗选》等。

　　诗歌饱含着作者的思想情感和丰富的想象，语言凝练而形象，具有鲜明的节奏、和谐的音韵等特点，富于音乐美，语句一般分行排列，注重结构形式。1988 年春天初识陈满平老师，陈老师赠送我一本他新出版的诗集《生命之树》。这是我有生以来获得的第一本作家签名书籍，我如获至宝，一直珍藏着。在陈老师眼里，生活处处都像诗一般动人，他的诗就是生活本身的经纬映入眼内，在思维的纺织中，再现出来。这样的再现，是形象的，是美的。

人们常说：江山美如画。我则从陈满平老师的诗中看到：生活美如诗，诗思妙如织。

可能陈老师见我是一名武警战士，对我的创作、生活特别关心。每当我拿着初稿找到陈老师，陈老师都会放下手头的工作，耐心细致地给我讲解诗稿中存在的问题。我也经常拿一些新闻稿件请老师斧正，只要有时间，陈老师都会不厌其烦地给予指正。通过陈老师的鼓励，我慢慢地喜欢上了新闻写作、诗歌创作。

陈老师在《读书报》任主编的那段日子里，我经常到报社找老师修改稿件。当时我们部队与北京某中学是结对共建单位。我作为校外辅导员，也经常组织学生们写文章、日记，请陈老师修改。在陈老师的指点下，我还帮助北京某中学成立了"雪莲书院"，帮助学生开展读书朗诵会、作文评比等活动，积极推荐学生作品发表。

记得那是 1988 年 10 月，陈满平老师到湖南参加会议。在会议间隙，他抽空游览了橘子洲头。从湖南回到北京后，他写下了一首诗，题目为《橘子洲头》，在《北京晚报》发表后引起强烈反响。从他的诗中可以看到这是他湖南之行最大的收获。那时我还经常到陈老师家中请教他有关诗的问题。陈老师和蔼可亲，陈夫人是一所学校的教师，知书达理，夫妻俩待人非常热情。我当时很喜欢写诗，又远离家乡，是陈老师家的常客。《橘子洲头》发表后，我请陈老师详细为我讲解了这首诗。

凡读过毛泽东主席《沁园春·长沙》一词的人们都会了解，主席的青年时代大部分时间在长沙学习和进行革命活动。毛泽东主席这首词最早发表在 1957 年的《诗刊》上。词中所说的"百侣"和"同学少年"即指作者 1914 年至 1918 年在长沙的湖南省第一师范学校读书时的革命友好。青年时的诗人仰看飞鹰，俯视游鱼，在词中，我们想到的东西甚多，给了我们心灵的启发和激励。这首词又曾唤起无数人投身到革命之中。

寒秋十月/我来访你/怀着对一位诗人的崇敬/湘江北去/岳麓枫红/向我叙说那位青年的故事。（摘自陈满平的诗《橘子洲头》）

这首《橘子洲头》正是对毛主席青年时代革命活动的怀念，追溯毛泽东当年在长沙读书和参加革命实践时的情景，心中油然产生深深的敬意，并抒发了诗人所寄托的感情。

诗是诗人感情的宣泄。陈满平老师告诉我，写诗不是一件容易的事情，当今有人说写诗的人比读诗的人还多，如果真是这样倒并非坏事，中国，本来就是诗的王国。那就更应该认真去写诗，写好诗，超越他人。生活中如果没有诗，那么生活中就会失去色彩。在日常生活中，有许许多多的事物，由于我们见惯了，习以为常了，所以总无所动、无所感。其实，只要我们认真去观察，去思考，我们就会有许多新鲜的、甚至惊奇的发现。生活中缺少的不是诗，而是发现。

陈老师的诗集《生命之树》告诉人们生活中诗的存在，正如人的生存，每个地方和角落都存在着诗，关键在于你去不去用诗人的眼睛，把生活的阳光分解成七色的彩虹，用独特的构思去捕捉诗的灵感。一首好诗，首先要感动自己，才能去感动别人。

橘子洲头/你这诗的摇篮/一首好诗启迪多少人的心灵/我要

在每片绿叶上写上祝愿／时代多么需要战士和诗人。（摘自《橘子洲头》）

从诗中可以看出诗人对诗、对诗人所持的态度。他说，诗人应该站在时代变革的前列，不仅写诗，而且要去做投身变革社会的勇士。

我喜欢读诗写诗，喜欢和陈老师交流诗歌。陈老师把我推荐到《中国人口报》实习。在实习期间，我虚心向编辑老师们学习，在报社学到了令我受用一生的学习成果。

我作为一名武警战士，起早贪黑加班加点干工作，虚心向记者编辑老师们学习，认真攻读《报纸编辑学》，做好报社分配的各种工作。编辑老师们对我的新闻写作给予最大的帮助。我慢慢喜欢上了新闻写作、文学创作。在部队的那些日子里，我在《中国人口报》《中国体育报》《人民武警报》《中国少年报》等国家级报刊发表新闻作品、诗歌作品100多篇（首）。这些都为我以后从事新闻宣传工作奠定了良好基础。

诗歌给予我向上的力量，作为一名诗歌爱好者，我努力创作，在诗歌创作道路上默默前行。

陈满平老师教导我：诗歌，属于人民，我要为人民而歌唱。诗歌，属于未来，我要为未来而歌唱。

感谢老师，感谢诗歌，在我人生的道路上，老师的教诲，诗歌的力量锤炼我百炼成钢。我想，既然选择了诗歌创作这条路，就决心经受住考验，付出十倍的努力和汗水，为人民，为未来留下更多的诗行。

海南印象

"明媚的阳光、湛蓝的海水、挺拔的椰树……"这些都是我初涉这块土地留下的印象。这里有阳光、沙滩、海水，有热带独有的气候和风光，美得让人流连忘返，让人赞不绝口。

几年前，我有幸到海南考察，从济南乘飞机直飞海南省的省会——海口市。

翌日，我们开始了为期三天的环岛之旅。坐在旅游车上，窗外的热带风光美不胜收，马路两旁的椰林就像两条河流，从一个城市涌出，又涌入另一个城市。美丽的海南，四季长青，长年无冬。热带树林的颜色绿中含碧，黄中藏金，红中则裹着一团燃烧的火，飘逸变幻，五彩缤纷，让人应接不暇、眼花缭乱。

海南有汉族、黎族、苗族、回族等多个民族，他们相处得非常和睦。

海南的高楼极少，大部分酒店都建成错落有致的别墅群，且三层建筑居多。我初到海南，尽情地享受着海南美景。沿途是正在装修的房屋，房外架满南方特有的装饰架杆，引起了我们的好奇，一路不停地问导游一些稀奇古怪的问题。幸亏导游很有耐心，对我们的问题一一解答。

在海南，如果你端坐在房内，窗外的风光尽收眼底，带着花香味的海风吹了进来，整个房间满是芬芳，与周围的大自然融为一体。

我们从海口乘车来到万泉河，乘游艇一览万泉河的风采。万泉河河水流经琼海市境内81千米，在河心形成一个沙洲岛，附近还有著名的官塘温泉和风光秀丽的白石岭风景区。万泉河景色最美的地方是在出海口，这里集江河、绿岛、海港、沙堤等景观于一地，被认为是世界上河流出海口中自然风景保存最好的地方之一。万泉河、龙滚河、九曲江在这里汇合。

据了解，万泉河全长163千米，流域面积3693平方千米，是中国热带自然生态保存最完美的一条河流，被称为中国的"亚马逊"河，是海南的母亲河，《万泉河水清又清》这首耳熟能详的歌在耳边回响。

在万泉河三江交汇处，我们观看着海浪，迎着浪头，涉水奔跑。我们乘游艇游览了万泉河两岸美丽的风光，体验了竹筏漂流的乐趣。在万泉河漂流，非常惬意。

我们还参观了黎苗山寨，了解了当地的风土人情，观看了黎苗山寨歌舞及黎族小伙子表演的舌头舔钢板等绝技。我们游览了大小洞天、海南第一山——东山岭、天下第一湾——亚龙湾、海南热带植物花园。

我们不虚此行。几个人结伴穿上潜水衣，乘游艇来到深海，在教练的指导下，进行了潜水体验。我们潜入海中，与海中的鱼儿一起畅游，目睹了海底世界，看到了海底的美丽与神奇。

我们住海口、住兴隆、宿三亚。说到三亚，真是个好地方，三亚风景优美，气候适宜。到了三亚，没有人不为这里的大海动容、冲浪、海底漫步、海钓、潜水与神奇的海洋世界零距离接触，尽情舒展身心，探索海底世界。或是静静地躺在沙滩上听听海浪声，让阳光亲吻肌肤，海水与沙滩亲密接触。我细心聆听海水冲刷海岸的声音，感受海风带来的咸腥的空气，体验海边拾贝壳的简单快乐。

我们还乘游艇游览了天涯海角、南天一柱。在这"天之边缘，海之尽头"，几块巨石上，刻着历代文人墨客的诗词佳句。巨石下的海浪翻卷着，一道道白练抽过来，在岩石上溅起雪白的浪花。这就是"天涯海角"，我所看到的天涯海角，在这里摸不着天，也摘不到星辰，当然更看不到月亮，却见证了一段坚贞的爱情，天涯海角永相随。

"不知何处有天涯，四季和风四季花。为爱晚霞餐海色，不辞坐占白鸥沙。"这是赵朴初先生对三亚意境最深入的描写。的确如此，三亚是个被大自然宠坏了的地方。大自然把最宜人的气候、最清新的空气、最和煦的阳光、最湛蓝的海水、最柔软的沙滩、最风情万种的少数民族、最美味的海鲜都赐予了这座海南岛南端的海滨旅游城市。

海南的公路大都沿海，像一条条流动的彩带，傍着大海飞舞。由于所有公路均不设收费站，不论你走在哪条路上，都会让人感到车如流水般安详，行驶在高速路上的车辆仿佛都在打盹儿，但一眨眼，一日千里车程，我们不得不赞叹海南发展旅游业的超前意识和战略眼光。

海南古为蛮荒之地，如今海南人能依托天涯海角独特的区位优势，致力发展旅游产业，并通过旅游这个载体，让更多的人去感受大海的壮阔，去领略全国独有的热带风光，这不能不说是海南发展的成功之处，也是我此次海南之旅的最大感受。

红叶遐想

红叶谷是济南南部山区的一处观赏红叶的地方，我想那里的秋天一定很美，红叶绚烂如霞。喜欢看红叶由来已久，十一长假我们结伴去了红叶谷，一睹红叶的风采。

9月30日早上，与朋友相约，自驾游去了济南，大约上午11点钟我们来到了山脚下，开始穿过绵延的山区，左拐右拐进入了红叶谷。到达时候，已接近中午，简单吃过午饭，我们随导游游览。

红叶谷生态文化旅游区位于南部山区，规划占地面积4000亩，一期工程已建成了六个专类园区，红叶谷生态文化旅游区已成为各种植物争芳斗艳、鸟类自由生存、山水相映成趣、生态环保并重的集游览观光、休闲、科普、娱乐等于一体的南部山区新的旅游景点。

里面的景色确实不错，谷底是游玩兼旅游景点，周围是被片片红叶装饰得鲜艳夺目的山峰，使整个盆地地形充分得到了利用。但是山峰也是很陡的，山中零星地分布着一些小瀑布。我们在导游的带领下游览了绚秋湖、天趣园、水趣苑。

绚秋湖是在建设过程中拦河蓄坝围合而成的约15亩的水域，岸上亭台楼阁，青山绿树，倒映水中，秋日尤为绚丽多姿，故名绚秋湖。湖中有休闲小岛以曲桥与湖岸水榭相连，岛上建有"陶亭"。湖岸有垂钓平台，可远览山色，可近观湖光。

天趣苑则取天然成趣之意，于植被丰富的两条山谷上覆鸟网以成散养区，区中绿荫浓郁，瀑布飞泻，百鸟群舞，人行其中，耳听鸟鸣，宛若置身仙境。还可以在兴教寺了解一下兴教寺的历史。

兴教寺是山东境内较早的佛家寺院，始建于西汉，历代香火旺盛，后又别名朱老庵。这中间有一个美丽的故事，只有身临其境，才能真正明白那段历史的内涵。庵畔有泉名曰圣水，此泉又是泉城新七十二名泉之一，水质甘洌，常年如一，颇具灵性。

蔓园，位于景区最深的山谷中，其中共有山谷三道，全长八百余米，谷中遍地是野葡萄、葛藤等藤蔓植物，自在枝头缠缠绕绕，寓意永不分离，故又名"情人谷"。置身其间，小桥流水，亭榭楼台，虽是人工，宛若天成，更有谷中深处的同心锁，为来谷的恋人们锁住一个美丽的承诺。

水趣苑是2004年五一之前新开发的精品园区，占地面积2000余平方米，以山清水秀、观景娱乐为主要特点，2004年新现名泉，水趣泉便在其中。在这里，你可以欣赏到名泉瀑布，感受到鸟语花香的惬意与温馨，喜动者可攀缘跳跃观鱼戏水，喜静者可煮茶品茗闲敲棋子。天热可避暑，天凉可挡风，累了有坐凳或倚或靠，脏了有溪水濯缨洗足。当你置身其中，你会领略到大自然的神奇魅力，会感到天地造物之精美绝伦，会心旷神怡，流连忘返。

让我最惊诧的是最后的游览景点，那是全部景区里景色最美的地方，观赏红叶也是极好的位置，有水有山有树，远处有高塔陪衬，远处湖中央还有喷泉。那水映着秋日的暖阳，居然荡漾着一圈圈的涟漪，水面偶尔游过一群大白鹅，主人般昂首挺胸地走过，有时会游来一群野鸭，墨绿色的头顶，灰色的羽毛衬托，也分外好看。此处观赏红叶是最好的角度，山水树塔，相互映衬。

我们爬了一个多小时才到达山顶，大家说着，笑着，闹着，快乐，开心，幸福都在脸上洋溢着。今天虽然很累，但是心里很舒服，我觉得这才是出去游玩的目的。

每一次出游，我都会生出无限感慨，因为每个景点不同，季节不同，气候不同，生出来的心情自是不同，这样五彩斑斓的心情，我每一次都觉得弥足珍贵。

读书如用刀

　　整理我的书稿时，发现二十几年前，我在《读书报》时撰写的《读书如用刀》。这不得不使我想起，在北京参军时在《读书报》学习的那段日子，那是我人生一段难忘的记忆。

　　在《读书报》学习期间，我认识了当时著名诗人陈满平老师，当时陈老师是《读书报》的主编，陈老师对我的教诲和指导影响了我的一生。从那时起，我读书，多读书，读好书，与书结下了不解之缘。读书是一种人生态度，也是一种生活方式。读一本好书，让我们得以明净如水，开阔视野，丰富阅历，益于人生。书籍就是望远镜，书籍就是一盏明灯。让我们看得更远、更清晰。

　　"读万卷书，行万里路""昼短苦夜长，何不秉烛游"，我们通过感官感知的生活经验是有限的，行万里路代替不了读万卷书。书是人成长的精神食粮，书中可以驰骋古今，常读书，可以获得新知。记得我国著名教育学家陶行知说过："用书如用刀，不快就要磨，呆磨不切菜，怎能见婆婆。"陶行知先生说："书只是一种工具，和锯子、锄头一样，都是给人用的。我们与其说'读书'，不如说'用书'。"（《陶行知教育文集·读书与用书》）陶行知先生还用一个形象贴切的比喻来说明书是工具，用书就像用刀一样，刀钝了要磨，但是，只是一味地磨刀，而不用刀切菜做饭，你这个"小媳妇"怎么见"婆婆"呢？用书如用刀，是我们生活中必不可少的。当然，读书是为了应用。无论是哪个知识层次的人，如果读书而不用书，就像"把刀磨得锋利而扔到一旁不去切菜"，那就失去了读书的实际意义。

"书籍用得好的时候是最好的东西；滥用的时候是最坏的东西之一"，这句话是19世纪美国著名思想家爱默生于1837年在美国大学生联谊会上发表的很有名的演说《美国的学者》中所说的。今天看来，此话也还是非常正确和深刻的。

"读书虽然不能改变人生的长度，但可以改变人生的宽度；读书虽然不能改变人生的起点，但可以改变人生的终点。"关于读书，古今中外不少名人大家有过很多极为精彩的论述。培根说过，读史使人明智，读诗使人灵秀，数学使人周密，科学使人深刻，伦理学使人庄重，逻辑修辞之学使人善辩：凡有所学，皆成性格。

人的才智一旦遇到滞碍，读书则可使人顺畅。书是人类最好的伴侣。我觉得，"读书可使人顺畅"，更加耐人寻味，人"顺畅"了，也就通达了，于是就能"宠辱不惊，去留无意"，也就能够内心和谐，心理平衡，静看庭前花开花落，实质上，也就逐渐走向"读书明理"的境界。

如今，读书已经成为广大市民生活中的一部分，我市图书馆的开放，迎合了热爱读书市民的需求，每天读书借书的市民络绎不绝。在我看来，读书就像与智者对话，可以从中获取知识，又能陶冶情操，丰富完善自己。

伟大的文学家高尔基曾经说过：书籍是人类进步的阶梯。是呀！书籍是我们精神上的食粮，智慧的源泉。学无止境，一个人如果想要进步，多读些书，将是一个明智的选择。读书，俯仰天地，涵养性情。读书，是为了培育精神绿洲，浸润书香。旧书不厌百回读，熟读深思子自知。不读书，姣好的面容亦因缺少气质而减分。读万卷书，胸藏文墨虚若谷，腹有诗书气自华，不输文采，不逊风骚。读书破万卷，下笔如有神。

读书如用刀，书籍就像我们日常生活中吃饭一样，是必不可少的一项，开卷有益，去读书吧，过一种有诗意的阅读生活。

有警察，真好

也许是当了几年武警的缘故，每当遇到公安民警、武警官兵，我总有一种说不出的信任感和亲切感，不知朋友们在日常生活工作中是否也有同感？

当黎明爬上洁净的窗帘，辛勤的人们开始了一天忙碌的工作。也许你今日要乘车远行去办事，就在你所乘的列车或公共汽车上，在你倦意来临之时，歹徒的一声大喊"都不许动，将钱拿出来"，使你倦意全无，立刻打了个冷战。全车人经过一番齐心协力的努力，联手将歹徒抓获并扭送到警察手里，才算保住了一车人的财物。这时的你一定会想，有警察，真好！

当你出差来到一座陌生的城市，望着一张张陌生的面孔，为找不到你所要去的地方而焦急时，总怀着对警察的信任感，想着此时若能遇到警察，向他们打听一下，少费些气力找到目的地，那该多好。

世界上有些事情是不可捉摸的。当你一家三口和和睦睦过着幸福日子的时候，夫妻俩被突如其来的一封敲诈信惊呆了：上中学的孩子被人绑架，歹徒还想敲诈你的钱财，此时你的心情正如十五只吊桶打水——七上八下，但如何处理好呢？你思来想去，最终还是找到了警察。在警察的帮助下，被绑架的孩子又回到了幸福的家中。你由衷地说出了：有警察，真好！

你是一位少女，下夜班的你走在回家的小巷中，谁知在这暗夜，有歹徒跟踪你向你扑来，你如惊弓之鸟，大声呼救！是巡警冲破这可怕的夜晚，将歹徒擒获并将你安全送回家中。你内心无比激动：有警察，真好！

尽管你是一个有血性的汉子，但因为一时糊涂酒后犯下法律所不能容忍的错误，你被送进了公安局并被劳动教养。劳动教养期间，你在警察的帮助下，认清了自己所犯的错误，积极改造走上了正路。浪子回头金不换，当你在社会上有所贡献被社会认可时，你无比激动，泪流满面——是警察给了你第二次生命。

如果今夜有风，如果今夜有雨，你总会想到在风雨中忠于职守的警察；如果今夜又有大火在宾馆、商厦燃起，如果你是被大火围困的一员，你总会又想到警察。如果你是警察，当面对凶残的歹徒，当人民群众生命财产受到威胁的时候，你是否也会毫不犹豫地与歹徒搏斗呢？我想你的回答是肯定的。因为我们会想到：有警察，真好！

（此文发表于 1995 年 9 月 12 日《滨州公安报》）

我和滨城公安有缘

我和滨城公安有缘，起因是我十八岁当兵，成为一名首都的武警战士。退伍回到滨城后，也曾梦想当一名公安警察，但梦想终归是梦想，直到今天梦未能圆。

我与滨城公安有真正的接触，是从我考取滨城县级媒体广播记者开始的，在工作中经常和滨城公安部门打交道。

起初记者比较少，什么公审公判大会、审理大案要案经验交流会、电视电话会、总结表彰会等，都需要我们新闻媒体配合报道宣传。一来二去，我接触的滨城公安多了，从他们的身上我看到滨城公安干警执着能干，敢打敢拼，默默为人民守护坚守的优良品格。

我曾经跟随滨城公安人员参加过多次抓捕活动，可谓惊心动魄。后来从事电视记者工作，跟滨城公安打交道的次数更多了，经常根据案情需要进行跟拍，深入滨城公安，挖掘在公安战线上涌现出的先进集体和先进个人。

我喜欢滨城公安雷厉风行的工作作风，为了某个案件，为了抓捕某个罪犯，连续几天几夜盯守，不顾暑热不畏严寒，吃不上一口热乎饭，工作起来的精神头，让人为之赞叹。我是一名新闻记者，也是一名文学爱好者，我曾经用手中的笔，用文学描绘滨城公安。记得滨州地区公安处曾经有一张《滨州公安报》，我曾把诗歌、散文、小小说寄给报社，不管是新闻、通讯还是诗歌，经常在那张报纸上露一小脸。

我喜欢滨城公安，感激滨城公安战线上的每一名警员。我曾经和他们共同参战，一起抓盗贼，一起堵罪犯，我深深地佩服滨城公安独具魅力的慧眼。什么大案要案，在他们的眼里，小菜一碟，一切惊涛骇浪，经过调查破案，最终都风平浪静。

我从事新闻宣传三十年，和滨城公安宣传结下了深厚的友谊。记得去年，我为滨城公安写了一首童谣《雨中情》："警察叔叔真辛苦，上学放学来守护。风里雨里一个样，站在路口不叫苦。今天又是下雨天，我把雨伞送叔叔。"我用小朋友的眼光观察警察，深深感激风雨中为人民守护的人民交警。

我热爱滨城公安，愿用手中的笔、话筒、摄像机，记录滨城公安的一点一滴，歌颂滨城公安忠实为民、尽职履责、打击犯罪、服务群众、全力助推经济发展的高尚情怀，我有责任让更多的群众了解滨城公安，特别是对刑警、交警、辅警、社区民警等有更多的了解，激发广大人民群众对滨城公安的尊敬和热爱。

我和滨城公安有缘，我愿讲述滨城公安队伍在不同历史时期坚守初心、忠诚履职的奋斗历程，继续谱写警爱民、民拥警、警民携手共创滨城的美好故事。

（此文原载于 2022 年 1 月 10 日《滨州日报》，并获"我和滨城公安的故事"征文一等奖）

劳动照亮人生

人，只有靠自己勤劳的双手和聪明才智，才能创造出属于自己的美好幸福生活。

社会主义是干出来的，幸福是奋斗出来的，劳动最光荣。唯有苦干实干拼命干，埋头苦干、真抓实干，才能用自己的双手创造更加美好的新生活。

人民教育家陶行知先生曾经写过一首儿歌："人有两个宝，双手和大脑，双手会做工，大脑会思考。用手又用脑，才能有创造。"这首儿歌被广大人民群众所熟知，可谓家喻户晓。

从孩提时代起，家长、老师就教育我们从小爱劳动，讲奉献，争做"五讲四美三热爱"的好学生。

对于20世纪六七十年代出生的我们，爱劳动深深地印在我们的脑海里。上课学习，下课劳动，就是在课间，也要轮流去抬水、挑水。放麦假，要手拿小镰刀，肩背小竹篮，到麦田里拾麦穗。放秋假，要拾棉花，打猪草。平时放学回家，也要放下书包去打草喂猪，拾柴烧火。总之是学习劳动两不误。爱劳动的观念在我们的思想里根深蒂固。

劳动伴随着我们的每一天，在我们天真烂漫的童年，每天也是与劳动相伴，劳动赋予我们勤劳，劳动给予我们幸福。

我们从小爱劳动。拾麦穗、捡树叶、打猪草、拾牛粪，从小就跟着大人们在土里刨食。从不知道偷奸耍滑，只知道有活大家干，也不计报酬，因为劳动最光荣。

我父亲是一名乡镇干部，为人忠厚正直，对我们兄弟姊妹要求非常严格，从小就要求我们不搞特殊，好好学习，热爱劳动。我们几个大都是每天早早起来拾柴火，拾了柴火再去上学。放学回家后，还要打草喂猪，或是拾粪积肥。那时吃不饱，更谈不上吃好，放学回到家拿块儿干粮就去干活了。渴了，喝口凉水；饿了，啃口干粮。

我记得我很小就开始跟着家里人干活了。点玉米，我负责放种子。点化肥，哥哥姐姐刨坑放化肥，我则在后面把放好化肥的坑踩实，不让化肥露在外面。耙地耕地，我负责在前面牵牲口或是在后面站耙。说起来不怕您笑话，那时年龄太小，我牵着老黄牛在前面走，到了地头往回转时，只顾着说话了，没想到老黄牛的蹄子踩到了我的小脚上，疼得我哎呀直叫。幸好是耙地，地下松软，没什么大碍，疼了几天，脚消肿了，也没落下什么残疾。

依稀记得那时的月亮又圆又亮，在地里干活回家晚了，望着月亮，慢慢地走在回家的路上，真有一种"月亮走我也走"的浪漫。

有一年，我家在黄河边上的庄稼地需要整平，便于引水浇地。凌晨三四点钟，哥哥姐姐就叫醒我去河滩整地，我们推着胶皮车子，拿着铁锨往地里走。

天上的繁星，密密麻麻，像是眼睛一眨一眨，又好像是跟我们打招呼："天还不亮，你们干什么去呀？"

　　我惺忪的睡眼顾不上看一路的景色，只是跟着哥哥姐姐来到地里，开始用铁锨把高处的土向低处扔，地势高的就用推车推，干了一会儿睡意又上来了，顺势倒在玉米秸秆上就睡着了。

　　哥哥姐姐看我太小，不忍心叫醒我。我迷迷糊糊地睡了好大一会儿，等睡醒了，羞得脸儿通红，恨不得找个地缝钻进去，我扑打一下身上的柴草和土，又迅速投入整地劳动中。

　　这次劳动对我来说，永生难忘。我为自己年少贪睡而羞愧，从此发奋努力，再也不在劳动中拖后腿。

　　我参军到了部队，对于劳动最光荣有了新的认识和思考。

　　刚到新兵连，我们除了好好训练之外就是劳动了。早上天还没有亮，新兵们争先恐后地拖出放在通铺床底下的大扫帚，来到新兵大院打扫卫生。赶不上到院子打扫卫生的，就在室内帮助战友整理内务。

　　劳动，是勤劳的象征。劳动，也是友谊的佐证。战友们个个爱劳动，打扫院落、打扫厕所、打扫操场、整理内务，争先恐后，干得热火朝天。

　　劳动最光荣。在部队，大家可能认为训练是第一位的，劳动并不那么重要。其实不然，部队是个大家庭，部队也离不开劳动。那时有的兄弟连队还有种水稻这样的任务呢。更何况还有铁道兵、工程兵，都是以建设为主，都需要劳动。

　　部队的劳动是多样的，譬如帮厨，这是部队的优良传统。在战斗班，平时就是训练，为了让战士吃上更好的饭菜，炊事班的战士忙不过来，就需要从战斗班抽调战士帮厨。对于热爱劳动的战士来说，都乐意接受。但将战士留到炊事班做饭，就需要进行一番思想上的较量。

我的一位战友军事动作顶呱呱，体能、射击、擒敌、刺杀，样样是训练尖兵。当炊事班需要人手时，他二话没说就到炊事班工作了。没承想他写信告诉家长，遭到家长的强烈反对，认为这样会影响训练。其实不然，他在做好炊事班的工作的同时加强训练，并代表部队参加了军事比武，一举拿下几个单兵动作第一名的好成绩。他这种精于训练、乐于劳动的优良品格，得到了部队和家长的认可，并连年被评为"优秀士兵"。

劳动最光荣。劳动，不只是挂在嘴上，而是需要付出艰辛的努力。

我从部队回地方后，在单位劳动的场合很多，体现出一名退伍军人退伍不褪色的精神面貌。无论是帮助群众收割小麦，还是指导群众种植棉花，无论是异地挂职期间带领群众清淤修渠，还是帮扶贫困村修桥筑路，无论是黄河滩区防汛，还是节假日坚守值班，我都不忘劳动人民的本色，只要有活就上前，脏活累活抢着干。

其实爱劳动是一种热爱生活的表现，彰显了一种热爱生活的态度。劳动，也是一种境界。我热爱劳动，不仅仅是在单位在工作中，在家中同样热爱劳动。

我一直保持着在部队早睡早起的好习惯。每天早上早早起床，锻炼身体，给老婆孩子做早饭。早上时间很充裕，就研究各种饭食花样。馅饼、水饺、手擀面，最拿手的是荷包蛋，我做的手擀面、荷包蛋都是一绝。

　　记得上次一个十几年没见的老战友来滨州，战友相聚甚欢，他提出唯一的要求就是要吃我做的手擀面。我的手艺还不错嘛！战友想吃，我必定满足。和面，饧面，擀饼，切面，炝锅，水开煮荷包蛋，一道工序下盛一碗端到战友面前。战友吃罢赞不绝口，现在有时发微信聊天时，他还聊起我做的手擀面。

　　我妻子姐妹三人，她排行老大。家里的活我去帮着干得较多。岳母也认为我这大女婿勤劳能干。说实话，我生在农村、长在农村，从小就干农活，什么活都干得好。因此，岳母家只要有活，总会想着我去做。

　　劳动最光荣。我喜欢干活，热爱劳动。我想，幸福不会从天降，唯有劳动，才能创造美好的未来。

　　"人有两个宝，双手和大脑，双手会做工，大脑会思考。用手又用脑，才能有创造。"客厅里，孙女又开始诵读那首熟悉的童谣。唉，我就是个爱劳动的命啊！

　　走，看孩子去……

培养科学精神 厚植滨州情怀

现在人们越来越注重科学防护，讲科学、学科学、爱科学、用科学。

科学是人类探索自然的同时又变革的伟大事业。在我们的日常生活中，离不开科学。我们党追求真理、崇尚科学，推动科技事业不断进步。就连我们身边的人，也越来越认识到科学的重要性，对科学的认知发生了很大变化。

从日常生活的衣食住行中，细心的人们发现，科学就在我们的身边，时时处处都应讲科学。譬如科学洗手。之前，谁也没有想到洗手还有这么多讲究。俗话说："庄稼汉，两把半。"洗手洗脸，手脸过水就可以了，没那么多的讲究。其实，这就是在日常生活中不讲科学的表现。

现在人们更加注重卫生，时刻做好科学防护。洗手要用流动的水，遵循"七步洗手法"。洗手掌时，用流水湿润双手，再涂抹上洗手液（或肥皂），掌心相对，手指并拢相互揉搓。洗手时不要过于着急，要静下心来认真洗。洗背侧指缝时，手心对手背沿指缝相互揉搓，双手交替进行。在洗手掌侧指缝的时候，要掌心相对，双手交叉沿着手指缝相互揉搓，最好反复多次。洗手指背时要弯曲各手指关节，半握拳把指背放在另一手掌心旋转揉搓，双手交替进行。还有洗拇指时，要一手握着另一手大拇指旋转揉搓，双手交换着进行。洗手的每一步都很关键，都要认真洗。洗指尖也是如此，弯曲各手指关节，把指尖合拢在另一手掌心旋转揉搓，双手交替进行。清洗手腕、手臂，要讲究螺旋式洗手腕，交替进行，反复多次效果会更好。

人们通常总结的七步洗手法口诀为"内、外、夹、弓、大、立、腕"。七步洗手法不但有效冲洗双手，而且减少了疾病的传播。

洗手讲究科学。饮食也要讲究科学。

在农村生活过的人大都知道，白菜炖豆腐、菠菜豆腐汤是我们这一代农村生活的家常菜。我们家乡有种植菠菜的好习惯。菠菜也是我们生活中经常吃的一种蔬菜，特别是露天菠菜春季上市，餐桌上必不可少。菠菜不仅含有丰富的营养元素，而且也有一定的药用价值。豆腐是高蛋白食物，是家家户户常年必备的食材，可单吃也可做配菜，深受广大人民群众的喜爱。豆腐还有降血压、降血脂的功效。

近几年却有一种说法，菠菜和豆腐不可以同时吃。好多家庭存在困惑，祖辈人吃了几辈子的菠菜炖豆腐说不能一起吃就不能一起吃了吗？其实不然，菠菜可以和豆腐一起吃，而且营养丰富，不仅可以促进钙的吸收，还可以健骨，非常适合孩子和老年人食用。那为什么有人说菠菜和豆腐不能一起吃呢？之所以会有菠菜和豆腐不能一起吃的说法，那是因为菠菜中含有大量的草酸，豆腐中含钙比较丰富，当人们把菠菜和豆腐一起吃的时候会形成草酸钙，这样钙就不能很好地被人体吸收。人们有菠菜炖豆腐的习惯吃法，长时间食用，还可能会有产生结石。正确、科学的食用方法是在吃菠菜的时候，先用热水焯一下，有效去除菠菜中的草酸，这样和豆腐一起吃的时候就不会形成草酸钙了，并且营养丰富，味道鲜美，所以水焯后的菠菜是可以和豆腐一起吃的。

我的睡眠质量比较好，妻子的睡眠质量就不够好。妻子喜欢睡觉不拉窗帘，甚至不关门。我感觉她这种不科学的睡觉方式是她睡眠不好的原因之一。据科学分析，睡觉不拉窗帘造成光污染还真是睡眠不好的原因呢！人体除了分泌生长激素外，还分泌一种褪黑素。褪黑素是位于人体第三脑室的松果体分泌的一种激素，它有抑制高血压及肿瘤细胞的生长速度的作用。同时，褪黑素可以提高人们的睡眠质量。这种激素只有在夜间睡眠的时候才会分泌。所以说在睡眠时，周围的环境越黑，这种激素释放量就越多。我们应该适应这种生理规律，尊重科学，在晚上睡觉的时候，拉好窗帘，把房间的光线尽量调暗，这样可以睡得踏实，有利于提高睡眠质量。

说来说去，其实科学就在身边，讲科学、学科学、用科学在我们的日常生活中随时都能遇到。原来是知其然，而不知其所以然，热、冷、疼痛等日常生活中的刺激虽然大家都能感受得到，但是对身体究竟发生了一些怎样的变化，使得这种感知变为可能的细节就不了解了。

我们在日常生活中要大力培育和弘扬科学精神，形成对自然、社会与人生的科学态度，形成正确的世界观、人生观和价值观。全社会要营造崇尚科学、弘扬科学精神的氛围，培养大家求真务实的科学精神。

目前，滨州上下"在滨州、知滨州、爱滨州、建滨州"活动正如火如荼地开展。广大教师在引领学生进入科学殿堂的过程中，怎样帮助学生塑造完美人格，激励他们开拓进取，勇攀科学高峰，形成创造性的思维和能力，提升核心素养，也是一个与时俱进的新课题。扎实推进青少年科学素质提升行动，就要在全社会形成合力，把普及科学知识、弘扬科学精神、传播科学思想、倡导科学方法作为义不容辞的责任。大力宣传科普知识，让更多的人讲科学、学科学、爱科学、用科学。

滨州的明天会更好，只有大力弘扬和培养科学精神，厚植滨州情怀，崇尚创新，树立敢于创造的雄心壮志，不断向科学技术的广度和深度进军，必定能为滨州播种科技种子，为明天汇聚科技力量。

（此文于 2022 年 7 月获由滨州市科学技术协会主办，滨州市科技馆、滨州市作家协会联合承办的"弘扬科学家精神　建滨州争先向前"征文一等奖）

互助保障暖人心

职工互助保障，一般职工可能感觉不到，但对一个需要关心爱护的职工家庭来说，意义非凡。

职工加入工会，越来越受到单位和社会的重视。我从事单位工会工作后，对原本认为无事可做的工会工作的看法有了彻底的改变。每年经手工会大大小小的事情，总感觉有一种情、一种暖在支撑着自己，每当看到会员们一年到头幸福平安，就产生一种略带满足的幸福感。

工会工作面广、量大，涉及每一名职工。尽管我们是事业单位，工会工作也来不得丝毫马虎。我们的工会活动开展得扎实有效、有条不紊。近几年，职工医疗互助使广大职工在医疗期间得到了实惠。每到缴费时，大家都积极响应，踊跃报名参保。

职工互助保障是由中华全国总工会倡导组织、广大职工自愿参加的一种保费低廉、保障力度较大、手续简便、赔付及时、管理规范、不以营利为目的的互助互济保障活动。当单位宣传职工互助保障时，为解决职工存有的疑虑，我们让曾经多次受到医疗互助、被工会纳入互助保障的职工现身说法，向大家讲解互助保障的好处。

在现实生活中，职工由于不同原因，住院医疗较为常见。也有因为职业原因和身体原因，或是身患重症的，一般的家庭难以支付高昂的医疗费，这就需要工会伸出温暖之手，帮助身患重病的会员在遭受身体病痛的同时，不再为筹集医疗费用发愁。中华全国总工会倡导职工自愿参加的互助互济保障活动，解决了职工的燃眉之急。我们作为工会工作人员，作为职工的"娘家人"，自从有了职工互助保障，为职工服务又前进了一步，打通了服务会员的最后"一米"。

职工老庹因为身体原因常年吃药，住院也是家常便饭，尽管属于收入不错的家庭，也被长期的医药费用而拖累。但谁也不会想到，一次车祸，又将他推向了深渊，从此，他一蹶不振，再也看不到他脸上的笑容。

自从有了职工互助保障，我们都会按照有关文件精神，严格审核，在政策范围内尽最大可能对他给予照顾。连年来，在工会的帮助下，老庹的精神面貌大有好转，身体也得到了及时有效治疗，他又恢复了往日的笑容。

每当看到有职工生病住院，我们工会都会靠前一步，及时了解职工病情、原因、治疗方案，帮助职工做出正确的判断，进行科学治疗。当需要我们使用职工互助保障时，及时分析研判，做出正确的决定决策，帮助会员渡过难关。

冬日的暖阳，温暖地照耀着大地。尽管人们在寒冷的冬天里行走，只要有阳光，就能感受到温暖。我想在未来的日子里，各级工会组织大力弘扬"团结友爱、互助互济"精神，进一步提高各级职工医疗互助保障水平，必将有效缓解入会职工因患病住院医疗和遭遇意外伤害等造成的家庭经济困难。

在党的二十大精神指引下，多层次社会保障体系更加健全。职工互助保障，心系会员，情暖会员，广大职工在"娘家人"的关照下，困难将不再是困难，笑容会更加灿烂。

梦境中的竹泉

走进竹泉村，脚下的石板在水流的陪伴下，显得格外清幽，要不是眼前的竹子摇动声响，我还以为走进了梦里。

几次路过竹泉，听说竹泉的美丽。今天终于如愿以偿，真正走进了竹泉。

竹泉村竹林隐茅舍，家家临清流，不是江南，胜似江南。我顺着石路，慢慢行走，就好像置身画中。

竹泉，犹如人间仙境，世外桃源，眼前的石砌小屋，在竹林的掩护下，犹如世外高人的茅屋，时隐时现。

房屋前的一挂玉米，一串辣椒，仿佛又回到自己的家中，和老母亲在石凳上长谈。门前的石磨、石碾，还有那打水的辘轳，让人无限遐想，浮想联翩。

明月竹间照，清泉石上流。在这里，每一处石头堆砌的农家小院，都是一处景点，看到眼里，美在心间。

清晨伴随久违的鸡鸣声，穿衣起床，走出小院，清新的竹香，沁人心脾，早起的鸟儿，和你对话一番。尽管你听不懂鸟语，但还是驻足和鸟儿畅谈，竹林里有多少种鸟类，不得而知，你用耳朵去听，是什么鸟类，由你分辨。不管是清晨还是傍晚，你都会有机会看到成群的鸟儿飞舞，一片一片又一片，辨不出是什么类别，数不清有多少只喜鹊、多少只大雁，飞向东，飞向西，飞向北还是飞向南，只有傻傻地站立，陶醉在大自然中。

　　眼前的一切，好像做梦一般。我不敢相信的是我的双眼，从没有见过这样的大自然，尽管我也走过北到过南，我想一定是在梦里，才有这样的仙境。一个没有霾的地方。我轻轻地踩在石板上前行，把竹林摇曳的农家院摄入自己的眼帘，顺着潺潺溪流，把自己走进那幅优美的画卷……

时间亦是风景

——读陈红旗老师《时间风景》有感

昨天下午，我收到了河北石家庄陈红旗老师的签名新书《时间风景》，可把我高兴坏了。打开包裹，漂亮的书封跃入眼帘，我迫不及待地阅读起来……

陈红旗老师的这本《时间风景》，印刷精美，反映着作者对生活的热爱，生活工作中的真情实感和深沉回忆。陈老师秉承宁可无文、绝不敷衍的写作理念，精心选编的精品力作，令人读后颇受感动。从《不易察觉随想》《永远保持长征的精神和信念》《一年之计在于春》，到《日子》《汪国真，一个时代的文化符号》等，字句清新，富有正能量，令人越读越愿读，从下午到晚上，我把时间交给了《时间风景》。

《时间风景》涵盖了随笔、散文和诗歌，也包含了陈老师多年来创作的游记、随笔及诗歌，每一篇文字都是那么的诱人，有些文章短小精悍，寓意深远。认认真真地仔细品读，仔细领会一个四十多年的机关工作者的所思所悟，更能体会到作者对众生世态、民间疾苦的感慨。这些文章，是陈老师宝贵的精神财富，是他几十年写作实践中的心血，有他独到的思索和见解，真真实实地感受到他在用心作文，就像陈老师所说："做人要有人品，作文要有文品。"

人生在世，充满着许多变故，面对人生的苦涩与岁月的艰辛，生发出许多感慨和忧伤，陈老师用文字记录下来，与大家分享。这些文章，有的如舒缓的小夜曲，有的如铿锵有力的进行曲，有的像在拉家常，篇篇充满了人文情怀和人文气息，就像深巷里的浓酒，越品越香。

陈老师不仅文笔好，而且爱好广泛，《退休后》《退休之学开车》《退休之旅游》《退休之打工》，从每一篇文章中都能读出陈老师热爱生活的态度和那种年轻的心态。

诗，是无声的画。

画，是无言的诗。

陈老师的诗歌，意境优美，有独特的想象。就像《春天来了》：嫩芽告诉我，春天来了，我要出发……

祝愿陈红旗老师在退休的日子里，写出更多更好的优美诗行，带给我们更多更好的优美篇章。

青春富锦　激情燃烧

——读缪东荣老师《青春富锦》有感

　　《青春富锦》是一部反映 20 世纪六七十年代杭州知青告别美丽的西湖，响应国家号召，奔赴祖国的东北边陲，在黑龙江省富锦县插队落户的故事。

　　《青春富锦》是缪东荣（笔名妙瓜）老师所著。作者以 2009年 7 月，杭州知青离开阔别 40 年之久的知青点，在富锦建县 100周年的特殊日子里，富锦县将纪念 1000 余名杭州知青赴富锦 40周年活动纳入富锦建县 100 周年的系列纪念活动中，以"青春富锦"为主题，知青回访活动为主线，记录了他们在北大荒艰苦岁月的一点一滴和难以忘怀的故事，众多文字镜头画面聚焦了一场青春的祭奠，记录下那批当时只有十七八岁的知青投身东北边陲的艰苦岁月。通过《北大荒，你又重新点燃了我们》，使我们深深地认识到，时光荏苒，岁月如梭，在历史的长河中，任何波澜壮阔的伟业或惊心动魄的壮举，都不过是这岁月长河激起的浪花一朵。

　　通读每一篇文字，都会感觉在那激情燃烧的岁月里，知识青年要到农村去，广阔天地，大有作为。一批批只有十七八岁的年轻人，告别都市生活，用稚嫩的臂膀与当地农民同吃同住同劳动，爬冰卧雪、披荆斩棘，历经无数的艰难险阻，把青春和热血都献给了这片土地。

最近我也观看了几部诸如《知青岁月》《北风那个吹》《雪花那个飘》等知青题材的电视剧，熟知那个时代知青生活的艰苦。只有经历过那个时代无悔的人生，才知道知青这个名字的含义。只有经历过那个时代的人，才会有那么多的传奇以及人生命运的跌宕起伏。

四十年弹指一挥间，乌尔古力山青翠如故，松花江涛声依旧，富锦人民与知青们的情谊历久弥深。当年风华正茂的知青，如今都已两鬓斑白，一张张藏满记忆的老照片，一个个难忘的老故事，一首由缪东荣老师作词的歌曲《青春富锦》歌曲，一切都贴上了知青的标签。

富锦的知青岁月，让来自杭州的知识青年产生了许多感慨。那份珍藏在记忆里的美好过去，那些同甘共苦的深情厚谊，那些雪地里惊心动魄的难忘故事，那些在第二故乡生活的难以割舍的感情，就像他们所说的，"生命中有了北大荒知青的经历，生命之河就不会风平浪静，人生旅途更变得丰富多彩"。

从最初的青春理想到苦难、执着，再转变为今天的思考和感恩，岁月将其沉淀为丰厚的精神沃土。

我仔细阅读每一篇文章，慢慢体会知青的那份不易与艰辛，曾经的苦难已浓缩成思念，缪东荣老师用《青春富锦》表达了对黑土地深深的爱恋。

我喜欢《青春富锦》这本文集。感谢缪东荣老师和杭州知青，细腻的文字，带我们分享你们一起走过的难忘时光：

我们用岁月谱曲

我们用真诚作词

谱写一曲《青春富锦》

　　愿缪东荣老师带给我们更多有关知青岁月的文章，让我们了解那段历史，了解那份刻骨铭心的情感。

青春涌动 放飞梦想

——读语晴老师《晨露暮雪》有感

晨露的身影里满溢着月色的流光，晨露的眼神里映衬着朝曦的霓裳，晨露的梦想就在月色里酝酿，晨露的希望就在晨光里闪亮……

当我打开语晴所著的《晨露暮雪》一书，被其精美的设计和内文所感动，语晴老师秀气的签名，精美的书签，像晨露，在阳光下晶莹剔透。我便迫不及待地读了起来。

俗话说：一年之计在于春，一日之计在于晨。清晨，推开窗，或是晨练的人们走进公园绿树间，晨露，带来的是美好的心情、无限的遐想。在树下，诵读这首《晨露》，晨烟初放，颗颗晶莹的露珠，滴落在草尖上、花瓣上、大地上、心尖上，你会和着美丽的诗行，仿佛在晨阳的照耀下，欣赏着美妙的乐曲，小心翼翼地抚摸露珠，享受大自然之美，感受世界的神奇和梦幻。

我们多么渴望春天的到来。春雷隆隆，唤醒大地，《一不小心，打翻了春天》，春天热闹起来，树上的芽儿顶破树皮，地里的草儿铆足了劲儿蹿出地面，勤劳的人们开始一年的忙碌，五颜六色的鲜花盛开，各种虫鸟唱响大地，一首首春天的赞歌，不用谱曲，就是美丽的音符。

语晴的诗，语晴的文，思想细腻，构思新颖。我从《四季花开》《青春无限》《人生与陪伴》《我思我想》《读思感》《山水漫步》中，感受作者观察力的敏锐，喜欢作者极具文艺潜质的文风，在平凡中散发出创造性的思维。语晴的每一篇文章，都是那么用心用情。

《七日樱花》，作者以细致的观察力和丰富的想象力，用细腻的文字将读者带入樱花盛开的情景中。樱花是有灵性的，认真地查看了每一朵花蕾确实都已经开放了，宛如粉色的面纱温柔地覆盖在树冠上。樱花开，樱树笑，笑得花枝乱颤。多么富有诗意，多美啊！

《自省十思》《过年》，每一篇作品篇幅不长，描写得惟妙惟肖，见文见思想，给读者画面般的享受。《晨露暮雪》是语晴从少年时代到青年时代的点点滴滴，以优美的文字，让读者感受到作者成长的过程，那段年轻美好的时光，更能体会作者用文字告别曾经那段懵懂岁月的良苦用心。

我喜欢《晨露暮雪》这本书，更期待语晴的新作，就像语晴所说：它一定会带给我们与《晨露暮雪》不一样的感受！

感受女子向阳之光

——读袁红艳老师《女子向阳》有感

《女子向阳》是一本适合各类人群阅读的好书。特别是年轻的女子或是做了母亲的女人，应该静下心来好好读一读。对男人来说，也应该读一读，更应该买一本，应该是今年三八国际妇女节，送给妻子的一份好礼物。

每一位女子内心都有一个太阳，让心做自己的太阳。每天清晨迎接新一轮阳光，打扮自己，梳理自己，感受阳光、快乐、幸福，感受一草一木的呼吸，心中有爱，聆听阳光的温暖呼吸，做最好的自己。在工作和生活中，知道将内在的太阳与外在的太阳相连，获得天地自然之能量。遇到任何事情，不忘自己是阳光的孩子、阳光的人，内心充满能量，滋养自己、滋养家庭、滋养社会。我们选择感受太阳，心向阳，我们选择成为太阳，自发光！

任何一个女子，都有自身的光芒。正如女子向阳之十六道光，心所念，眼所见，带着思考去阅读《女子向上》，带着思考去品读《心所念，眼所见》《不忘初心》《生日纪念》《巨人视角》《恋爱标准》《家庭角色》《旁观者》《化解冲突》《审美观》《妈妈的传承》《觉醒法》《学习法》《悟生死》《学冥想》《演讲"三心法"》《心安神，"六观"开》这十六道光。静下心来走进袁老师的每一个生日，走进女儿成长的每一个篇章。感受生命的印记，分享旅游的快乐，尝试"逆龄"，把自己变回二十四岁，或者更年轻些，你定会感受到在每天的生活琐碎中、在工作的成败中、在学习的感悟中、在为琐事的牢骚埋怨中，自己的那份光，是否永远与自己融为一体，还是让那份光离开了，游离了。当你阅读这本书时，你应该会因自己的阅历和年龄等诸多因素引发共鸣，也许为生活所困找到好的解决方案。

世上哪有什么岁月静好，只是有人愿意为你负重前行。想想爱你的丈夫陪伴你前行的路上一程又一程的艰辛与风景。

我通读了《女子向阳》这本书，被袁老师的妙笔佳文深深吸引——流畅的文字、细腻的描写、感人的故事、内生的能量。我庆幸在"三八"妇女节前读到这本书，我愿意推荐给我的妻子，我想她一定会喜欢。因为我们幸福地生活在这个世界上，充满正义与能量，幸福着幸福，向往着美好，保持积极乐观向上的心与愿望，一直感受着阳光的温暖。

《女子向阳》是女人之向往，男人之所盼。读了它，教会你怎样面对生活，就像一本武林秘籍，十六道光，看你怎么运用，它不会让你以后不再遇见困惑，但会让你在各种经历中，知道应该用什么样的态度去面对。无论遇到什么事情，我们都要记得，心若在，梦就在，心一直在，太阳就一直在。心与太阳相连，心是人的根本，女子向上，女子向阳。袁老师笔下的女子，就是要相信"心所念，眼所见"，养成几个"向阳"的习惯，修好自己的心，就是美好的一生。

恰逢"三八"国际妇女节到来之际，祝袁红艳老师节日快乐！

愿袁红艳老师在忙于企业经营管理的空隙，写出更多更美的文章，把生活的悟道、事业的修行、积极的生活观写成文字，与更多人分享，让更多的人获得快乐和幸福。

祝所有妇女姐妹，心有阳光，女子向上，女子向阳，心向阳，自发光。

天涯知音皆有知

——读张国俊老师《天涯漫步》有感

张国俊的《天涯漫步》是作者 2021 年和 2022 年创作的部分诗词和散文的合集。我佩服高产高质的张国俊老师，坚持每天创作，并精雕细琢、写出的上乘佳品，耐人回味。

张国俊，高级教师，北京师范大学教育硕士、新加坡南洋理工大学教育管理硕士，青年作家网签约作家，中国诗词学会会员。张国俊老师教书育人，不忘自己的诗和远方。工作之余，坚持创作诗词。诗词创作是他的最大爱好，也是激发他前进的动力。他每天坚持创作，仅在中国诗歌网就发表诗词 500 多首，在各文学平台、新媒体公众号发表诗词、散文、评论不计其数。创作或获奖的诗词被编入《中国当代诗词精品库》《伫望云起时——新时代优秀话语诗人作品精选》等，出版了个人首部诗词集《天涯飞絮》。

张国俊老师诗词系列集《天涯飞絮》《天涯漫步》，甚至以后的天涯系列，让我们感受到作者对飞絮的无奈和漫步的自信，从每一首诗词中，体会作者在认知上的变化和对美好生活的向往与追求。

绿水染新枝

岸树思春切，纷纷入水池。

逍遥明镜里，染绿放新枝。

作者盼望春天，用树比喻对春天的期盼，渴望春天到来。冰雪融化的水池，告知我们春天的脚步近了。春风拂面，逍遥自在，整个世界收到春天到来的讯息。杨柳吐绿，新枝发芽，一片欣欣向荣的景象。

正月开工又各奔东西

正月相逢又到头，开工话别各行舟。

离多聚少成常态，习惯天涯两处愁。

春节是中华民族的传统节日。有首歌唱道："有钱没钱，回家过年。"每到年底，回家过年是短暂的相聚。正月初几开始，就要回到各自的工作岗位上，就连出门打工的人们也要收拾行囊，远离家乡。马上就要工作了，只有短暂的话别，各奔东西，开始一年的忙碌，无论乘车坐船，都要按下新一年的工作键。为了生活更美好，这种离别多相聚少的生活已成常态，时间久了打个电话发个微信相互问候一下，唯有撸起袖子加油干，幸福生活才在身边。

知音不嫌远

快递新书去八方，心声诉尽少愁肠。

知音不觉天涯远，暮暮朝朝日月忙。

新书出版就像自己的孩子一朝分娩，那份喜悦之情溢于言表。用快递的方式把书籍邮寄给四面八方的诗友读者，是何等的快乐！希望能够引起读者的共鸣，想说的话有人听，想表达的心事有人懂，只有想表达的有人能听懂，才算是知音。"海内存知己，天涯若比邻。"知音可能远在天边，也可能近在眼前。唯有起早贪黑日复一日地忙忙碌碌，才是最真实的。在忙碌之余，一首诗词，灵感忽至，那是何等的快乐！自己创作的快乐，知音无论身在何处，定能分享那份愉悦。

张国俊老师的诗词，写进老百姓的心坎里，写的是接地气的柴米油盐，我喜欢《在春暖花开中谋生》《写诗写得眼脑昏花》《偶听老旧歌曲有感》这类诗，更喜欢《清平乐·月阴灯馨》《蝶恋花·不见东风飞柳絮》《喜迁莺·莫负好时光》这类词，也非常喜欢张老师的散文《春夜细雨》《怀着理想 献身教育》《读书是最好的休闲》，等等。

"有时忽得惊人句，费尽心机做不成。"正如张老师所说：有些意境，一时找不到好的景致来触发灵感，在许多天后，突然在一个地方被一个景物所触动，思想的阀门一下子被打开，每到这时，内心自然而然产生一种释然和愉悦的感觉。

我愿张国俊老师坚持创作，坚守初心，保留这种释然和愉悦的感觉，创作出更多更好的诗词和散文作品。我期待张国俊老师的"天涯"系列一直持续下去，期待新的"天涯"作品奉献给广大读者。

跑过去是脚步，留下的却是文字

——读示单老师《跑者无疆》有感

我喜欢示单老师的新著《跑者无疆》，我认为示单老师是跑者中写得最好的，是写者中最能跑的。我佩服示单老师的"跑者境界"。

通过《跑者无疆》一书，示单老师带领我们到达陕西、云南、北京、山东、宁夏、甘肃、西藏、青海和山西等省市自治区，以跑者的视角，详细记述了当地的人文历史、乡土风情。读《跑者无疆》，大有一种游览祖国山川之美感，又能感觉到一位跑者的初心。在城区跑、在河边跑、在江边跑、在云南跑、在城楼上奔跑，不为跑的速度，也不为跑的大度，只为在祖国天地间做一回跑者。读者跟随作者也做了一次跑者。

我偶尔也早起跑几步，但从不曾与跑者相联系。通过通读《跑者无疆》，使我真正了解了如何当一名跑者，跑者在跑步之前应该做些什么样的准备。真正的跑者对跑场是有选择的，包括跑场的环境、气候、海拔，甚至是历史与人文，都是跑者最看重的核心元素。通过一篇篇美文，一个个地方的跑者心境，一次次地跑场历练，我们也会慢慢体会到跑者跑的不是腿脚的快慢、你追我赶的速度、心跳的力度，而是韵律及与环境的交融。

如果不是反反复复地品读示单老师的美文，将无法品味一位跑者的初心。我能体会到示单老师出发前，做了大量细致的案头准备工作。从2020年10月到2021年8月，跑过九个省、自治区、直辖市的92座城市，确实不是一件容易的事情。无论刮风下雨，他都始终坚持，从不畏跑场环境，坚持一名跑者的初心，完成自己既定的任务目标。他的每一篇文章所描绘的都是个人的温度和时代相结合的风景，把当地的人文历史交代得清清楚楚，再配上跑步示意图，使读者现场感极强，就像是陪着他一起跑过了那几千公里。

脚下的路没有尽头。示单老师带着一双慧眼，行走于天地之间，用一双善于发现美的眼睛，发现人世间一切美好的事物，在跑步之余，详细整理材料进行写作，告诉世人跑者的境界与心得。《北京跑，山地越野马拉松》详细地记述了北京一跑，我反复读了几遍，我为示单老师这一跑所感动，我佩服示单老师观察如此之细，让我们从一个"小白"慢慢体会、感受跑马拉松者的一路艰辛。

《跑者无疆》以三亲（亲历、亲见、亲闻）为基本原则，内文附有图片、路线图等，是一部难得的文史资料书。每到一处，示单老师都心中藏日月、胸中有大义、眼中有星河、笔下有乾坤，描述了当地人文历史、风土人情、民间万象、人生百味，通过讲述跑者的全部感受，实现了"跑"与"学"的高度结合，《跑者无疆》确实是一部考察华夏文明的随感集、静思录、游记篇。

示单老师也曾来到我的家乡跑步，可惜的是我没有得到消息。如果能陪示单老师在家乡跑上一段，那该多好。

《渤海之滨，黄河之州》一文写的就是我的家乡滨州。滨州是个特殊之地，位于齐鲁大地之东北，示单老师在文中交代过滨州市是由一个叫北镇的镇子演变成一个地级市的，但滨州之城的跨越是连跳三级，给人们的印象较深。特别是城市道路，像网格，横黄河，纵渤海，暗合了黄河、渤海的流经方位。这座城市把水系与路有机相融，横平竖直、中规中矩，四环五海，三十六湖七十二桥，粮丰林茂，北国江南，为城市建设留下了非常大的发展空间。滨州有一代帝师杜受田、孙子兵法城。就像示单老师所说，我们相遇滨州，他未来的跑道一定是至简的，他的兵法人生也是"跑为上"。这里的跑不是逃，而是一种积极的行动。

我喜欢品读示单老师的新著《跑者无疆》，期待示单老师能跑遍祖国，写出更多的美文，为我们展示跑者境界的精髓，让更多的"小白"追随……

《非凡十年》感知党的伟大，人民幸福

——读《非凡十年：海外和港澳专家看中国》有感

从党的十八大到党的二十大这十年间，中国和世界经历了什么？这十年间，中国共产党带领全国各族人民不懈奋斗，取得的发展成果令世界瞩目，这十年的伟大变革具有里程碑意义。中国会记住这十年，世界会记住这十年，历史会记住这十年。

国际社会是如何看待中国及中国共产党的呢？又是如何分析评价这十年来中国的发展变化的呢？我在这几天的时间里，反复阅读了《非凡十年：海外和港澳专家看中国》一书，同这些来自美国、英国、法国、俄罗斯、德国、日本和"一带一路"沿线的马来西亚、塞尔维亚等国家以及我国香港的专家用文字的形式交谈。从他们对中国的认知、看法、了解，加之自己对这十年身边变化的亲身感受，以及祖国十年来采取的一系列战略性举措，推进的一系列变革性实践，实现的一系列突破性进展，所取得的一系列标志性成果，深知这些来自不同国家和地区的作者从政治、经济、法律、科技、文化、社会等多方面，对十八大以来中国在中国共产党领导下取得的巨大发展成就进行了多角度评价，深入探讨了中国为国际社会做出的贡献和带来的发展机遇，从国际视角对中国智慧、中国方案、中国式现代化道路等进行了客观深入的解读。

就像罗伯特·劳伦斯·库恩博士(Robert Lawrence Kuhn）在《了解中国共产党》一文中写道："不了解中国共产党，就无法了解中国。"中国香港大紫荆勋贤、兰桂坊集团主席盛智文(Allan Zeman）在《中国的成就源于共产党把人民放在第一位》中，以独特的视角"从中国真正从内到外的壮大非常重要""我看到了中国人民内心发生的变化""哈佛调查：92%的中国人热爱政府、尊重政府三个部分详细阐述了中国共产党的伟大。盛智文说他在中国生活了45年，亲眼见证了中国经历的巨变——一切得到了升级换代，人们的生活变得越来越好，而这一切真的都依靠中国共产党在不同的历史时期起到的作用。因为中国共产党把人民放在第一位，这是最重要的事情。

我对盛智文先生的说法非常认同。在中国，人民是真正的英雄，民心是最大的政治。中国共产党的成功，就是时刻与人民站在一起，人民至上。

我们党的百年历史，就是一部践行党的初心使命的历史，就是一部党与人民心连心、同呼吸、共命运的历史。为人民而生，因人民而兴，始终同人民在一起，为人民利益而奋斗，是我们党立党、兴党、强党的根本出发点和落脚点。

党的十八大以来，党中央团结带领全国各族人民坚决打赢脱贫攻坚战，彻底解决绝对贫困问题，创造了人类减贫史上的奇迹；决胜全面建成小康社会，使中华民族千年夙愿成真。奋力推进全面深化改革，让发展成果更多更公平地惠及全体人民。无数中国共产党人用鲜血和生命践行"为党和人民牺牲一切"的铮铮誓言，鞠躬尽瘁、死而后已，在人民心中树立了一座座不朽丰碑。

党的二十大报告再次强调，"江山就是人民，人民就是江山"。这一重要论述时刻提醒广大党员干部，只有任何时候都与人民站在一起、想在一起、干在一起，才能凝聚群众力量，创造新的历史伟业。

中国共产党把江山与人民紧密联系在一起，这表明，中国共产党深刻认识到打江山、守江山必须紧紧依靠人民，始终与人民肝胆相照、风雨同舟、心心相印。百年党史证明，人民是我们党最坚实的依托、最强大的底气。只有人民，才是我们打江山、守江山的目的所在、胜利之本。广大党员干部只有想人民之所想、急人民之所急，把造福人民作为最大政绩，才能守得住人民的心、守得住红色江山。

《蓬勃发展的中国十年》《中国共产党改变了中国》《中国共产党的成功秘诀：时刻与人民站在一起》等每一篇文章都是精品力作，展示了中国共产党带领全党全国各族人民奋进的十年，发展的十年，不平凡的十年。

目前，全国上下深入学习贯彻党的二十大精神。《非凡十年：海外和港澳专家看中国》，有助于我们对党的二十大精神的学习理解。该书邀请了 18 位海外及中国港澳知名专家学者，有 2013 年诺贝尔化学奖获得者阿里耶·瓦谢尔（Arieh Warshel），"金砖之父"吉姆·奥尼尔（Jim O'Neill），美国库恩基金会主席、中国改革友谊奖章获得者罗伯特·劳伦斯·库恩等，他们以独特的视角，用一篇篇美文反映了中国的变化。该书图文并茂，有对比、有详实的数据，有助于读者理解，特别是作者当中很多专家到中国内地或香港特区工作生活过，或长期与中国共产党不同层级领导干部进行交流。

通过阅读该书，有助于帮助每一名读者从一个全新的视角学习理解党的二十大精神。

紫荆杂志社与大同出版传媒有限公司邀约全球对中国有充分研究的20位知名专家学者，从国际视角对中国智慧、中国方案、中国式现代化道路进行了客观深入剖析。《非凡十年：海外和港澳专家看中国》一书讲述了中国的不凡十年，这是一本不可多得的好书，我愿向身边的同事和亲友推荐此书，也愿大同出版传媒有限公司秉承"大同""天下大同"，出版更多更好的文化、教育、理论书籍，奉献于社会。

我与"童子童谣"难忘 2020 年

2020 年是极不平凡的一年，注定是每一个人难忘的一年。

我的 2020 年，一颗童心做伴，在"童子童谣"公众号的引导下，始终保持一颗童心，忘掉了年过半百的年龄，一路走来，收获满满。

大年初一，我放弃了原来的春节休假，在单位上班执勤，偶然的机会接触到"童子童谣"，一下子就激发了我的童心，于是，就开始写儿歌，写童谣，写歌词。

感谢"童子童谣"平台，让我们每个喜欢创作儿歌童谣的文朋诗友，有了发表展示的平台。写作者又建立"十年童谣"微信群，倡导十年写童谣的坚定信念。一首首童谣，一个个童谣主题，一颗颗跳跃的童心，在"童子童谣"微信群产生共鸣，相互交流，相互探讨。

我创作的童谣《妈妈在武汉》《爱劳动》《劳动最光荣》《上学校》《口罩警察》《文明拍手歌》等陆续在"童子童谣"平台发布。

一年来，我积极参加了"劳动"主题、"警察"主题、"禁毒"主题等征谣活动，激发了我创作童谣的激情，全年创作童谣近三百首，创作了歌词 30 余首。

远在北京的曲作家赵秀富老师对我的创作非常支持，每次我把新创作的歌词发给他，他都会连夜作曲，深夜或是第二天就发给我，在编曲老师的帮助下，制作歌曲近十首在"好歌不断"等平台发布。由童星欧佳妮演唱的《妈妈妈妈我听话》在公众号发布后，在社会上引起强烈反响。

我喜欢童谣，喜欢创作童谣，一年来在老师们的鼓励和帮助下，我的童谣《打跑怪兽就回家》《妈妈妈妈我听话》《打跑疫情靠大家》《红绿灯》《盼复学》于今年六一儿童节前在《山东商报》刊发。

今年有幸结识了《巴渝儿歌》报，每月参与该报"群星荟萃"栏目的创作，连续几期在该报发表童谣和童谣评论，并有几首儿歌童谣在征集中获奖。最值得骄傲的是我创作的童谣《红绿灯》在第二届世界华语童谣童诗大赛中荣获三等奖。

时光飞逝，2020 年即将过去，在这一年里，我创作的散文、诗歌、童谣、歌曲连连获奖，一举收获了省市区几个奖项。2021年就要启航，我将继续关注"童子童谣"，信心满满，在新的一年，用童诗童谣书写新的辉煌。

我伴"童子童谣"共成长

今天是二十四节气中的大雪，尽管没有看到雪花，我却感觉到元旦春节的脚步近了。俗话说："小雪大雪又一年。"回顾这极不平凡的一年，感触颇多。2021年，因有"童子童谣"做伴，给我的生活带来了无限的乐趣。

看到今天"童子童谣 我的 2021"大事记统计，感受到"童子童谣"如同禾苗一样开始苗壮成长。正如王宗伦老师所说：不统计不知道，一统计吓一跳，今年竟然还干了这么多的事情。由于工作忙是一方面的原因，自己懒是最重要的原因，这么多的活动，自己参加的却不是太多，成绩只能算马马虎虎。不过，令我兴奋的是，有一首童谣竟走出了国门，在国外发表。我创作的童谣《草帽湾》于2021年11月23日在苏里南共和国《中华日报》第八版刊登。

难忘的2021年，对我来说，还算是满意的。

2021年新年伊始，我的散文《过年的记忆》参加了"学习强国"学习平台"过年：中国人的集体记忆"主题征文活动，首次登上了"学习强国"平台。散文《部队里过大年》《春节前献次血》又登上了"学习强国山东学习"平台。我的《鲁北故乡"过大年"》在"滨州文学"公众号推出，童谣《新年到》首次在"童星艺苑"公众号发布。悼念王清秀老师的五首童谣在"童子童谣"

公众号发布，可谓实现了首季开门红。

2021 年，为庆祝中国共产党成立 100 周年，用文学形式讴歌中国共产党百年奋斗历程，唱响"没有共产党就没有新中国"的主旋律，我分别参加了国家、省、市举办的庆祝中国共产党成立 100 周年主题征文活动，散文《深爱滨州这片热土》荣获滨州市"党徽闪耀照我心——我崇敬的共产党员"征文三等奖。诗歌《唱支山歌给党听》荣获第三届中国青年作家杯全国征文诗歌类二等奖。散文《三面镜子照亮人生》荣获滨州市庆祝中国共产党成立 100 周年"科技兴国"征文三等奖。散文《敢于向"地神"挑战的滨州人》荣获"碧血丹心 百年颂歌"滨州市 100 周年主题文学征文优秀奖。散文《家长里短话家风》荣获第二届全球华人好家风征文大赛成人组三等奖。散文《陈中华，我心目中的媒体英雄》荣获青年作家网 2021 年度"呐喊·自媒体时代下的草根作家的苦与乐"征文希望之星。散文《军人本色永不忘 橄榄绿色改人生》荣获《滨州日报》滨州网"我的入党故事"征文优秀奖。报告文学《敢于挑战的滨州人》荣获《山东文学》"庆祝中国共产党成立 100 周年"主题征文优秀奖。

2021 年，我开始学习摄影，也取得了不错的成绩。我没有摄影家手里的"长枪短炮"，我就用手中的手机记录美好生活。我的摄影作品《兰秀针：期颐华诞颂党恩》在 4 月 23 日《山东商报》滨州版发表，摄影《百岁老人生日颂党恩》在《滨州日报》发表，摄影《百岁老人兰秀针》入选中国共产党成立 100 周年"与党同行 百岁老人幸福生活影像展"并在滨州市档案馆展出。摄影组照

《花花世界》在全景滨州平台亮相，有多幅摄影作品在滨州图库、全景滨州、影坊等平台刊发。

难忘 2021 年，几首童谣儿歌得到了北京的音乐名人赵秀富老师帮忙作曲，年度十首歌曲的任务得以完成。我的童谣创作在质量上也有了大的提升。多首歌颂千岛湖的童谣陆续在"童子童谣"公众号推出，多首童谣登上了"童星艺苑"平台，多首童谣在《巴渝儿歌》报刊登。我积极参与了"童子童谣"平台举办的纪念徐平老师童谣、纪念王清秀老师童谣、"脱贫攻坚"童谣、第二届"博爱"童谣、"钱酒童谣"大赛、《端起碗来就想你》纪念袁隆平童谣、第二届"警察"主题童谣、"草帽湾"童谣和"童谣个人专辑"等活动，并有多首童谣入围并展出或获奖。

难忘 2021 年，我积极参加华夏诗歌新天地网站的每周微型诗同题创作，并有多首微型诗、现代诗、海派诗歌、配图诗刊发。

我认为，写作在于坚持。只要初心不改，天天写，有活动主题积极参与，日久天长，定会离自己制定的目标越来越近。

写完此稿，一首童谣跳出：

童子童谣树儿高，

我在树下乘凉好。

写首童谣挂树上，

好似树叶随风飘。

天天阳光来呵护，

陪着树儿长高高。

……

童谣写作要突出一个"童"字

写童谣易，写好童谣难！我写童谣时间比较短，大概也就是两三年的时间。此前，我主要是写现代诗歌。最近一段时间，特别是接触到"童子童谣"平台，我渐渐喜欢上了童谣。

童谣，要突出一个"童"，保持一颗童心，要写出童趣童韵。尽管是成年人写童谣，也要站在幼童的角度去观察，去写，不能用成人化的语言代替童谣。

我挑选几篇自己发表的童谣，结合编辑老师的点评或社会反响，来谈谈童谣的写作心得。

《小份菜》是我 2020 年在《巴渝儿歌》报节粮（同题）儿歌擂台赛的获奖作品。

小份菜

进饭店，好奇怪，

大盘换成小盘菜。

小份菜，半份菜，

按需点餐真愉快。

不多点，不浪费，

少量多样好乖乖。

编辑点评：大盘换小盘，一份变半份，这是餐馆新形势下的可喜变化。作者发现并抓住这点来反映，以小见大体现了时代的大要求。

学打篮球

打篮球，蹦蹦蹦，

拍一下，一跳动。

小朋友，爱参与，

拍拍篮球还可以，

要想投篮不轻松。

编辑点评：这首童谣内容紧扣题目，学打篮球倒容易，"要想投篮不轻松"，真是这样。篮球运动，可以培养人们为了目标而努力训练，最终实现"三分""两分"的投篮目标。这首童谣写得轻松自然，明白如话，很符合孩童心理。

妈妈妈妈我听话

妈妈今晚不在家，

赶去医院加班啦。

让我乖乖待家里，

看好爷爷奶奶和爸爸。

妈妈妈妈放心吧，

你去上班我在家。

开窗通风勤洗手，

不串门来不离家。

妈妈妈妈你忙吧，

你在医院辛苦啊。

爷爷奶奶我去哄，

妈妈不用担心他。

有空发个微信来，

或给爸爸来电话。

妈妈放心我听话，

只是有点想你呀。

《妈妈妈妈我听话》这首童谣是由远在北京的曲作家赵秀富老师作曲、童星欧佳妮演唱，在"好歌不断""童子童谣"公众号发布后，在社会上引起强烈反响。

草帽湾

草帽湾，不简单，

好像草帽落人间。

上下山，景色鲜，

网红打卡来此山。

《草帽湾》是我第一首走出国门的童谣，在 2021 年 11 月 23 日苏里南共和国《中华日报》第八版刊登。

除了以上作品，我的童谣《新年到》在"童星艺苑"公众号发布，悼念王清秀老师的五首童谣在"童子童谣"公众号发布，多首歌颂千岛湖的童谣陆续在"童子童谣"公众号推出，多首童谣登上了"童星艺苑"平台，多首童谣在《巴渝儿歌》报刊登。我积极参与了"童子童谣"平台举办的各种主题征稿活动，有多首童谣入围并展出和获奖。

我认为，童谣创作的题材不仅要来源于生活，而且要以儿童的视角、儿童的口吻、儿童的那种天真烂漫去观察世界，用通俗易懂的文字去创作，这样写出来的童谣才能朗朗上口，适合儿童传唱。

搬离姚家湾

乡亲们盼望了很多年，现在就要搬走了。今天，大家流着热泪恋恋不舍地搬离了村子，开始新的生活。

十几年前，在这个叫姚家湾的村庄，农民的庄稼地被村北的高速路和新建工业园区的企业占用，全村的土地所剩无几。靠种地为生的农民虽说每年分着村里的占地款，过着无忧的富足生活，但对于一些常年勤劳耕作的老年人来说，不种地，手里没有粮食，心里或多或少有一种说不出的味道。

农民不种地，年底有钱分。水电不用交，出门柏油路。在邻村人的眼里，那是何等的幸福？特别是姚家湾的姑娘、小伙子让人羡慕，四邻八乡的俊男靓女都愿意与姚家湾攀亲。

姚家湾是远近闻名的富裕村。姚家湾的人家姓姚的居多，后虽有李姓、王姓入赘落户，但也超不过十几户。姚家湾，因湾得名。姚家湾村南首有一个湾，常年有水，缺水时可以为村里的庄稼补水，夏季雨多时是全村排水的蓄水池。姚家湾因湾得名，全村群众的幸福生活得益于此湾。

姚家湾有个姚有福，为人诚实，做事干练。随着村庄土地被占用，他辛辛苦苦经营的葡萄园，被现在机器轰鸣的厂房所代替。姚有福勤奋好学，踏实肯干，他看到了工业园区有企业进入，便抓住商机，先后置办了大型推土机、挖掘机、运输车等，为附近的企业平场地，搞物流。靠着诚信本分和良好的信誉，来找姚有福干活的人越来越多，附近企业有什么活都愿意找他。一时间，姚有福这个农民变成了"姚老板"。

姚有福有个堂弟叫姚有才，看到哥哥发了财，凭借着自己的三寸不烂之舌，建起了沙石料厂。有才与有福有着完全不同的性格，有才常常挂在嘴上的总是那句"长心眼儿强过长力气"。姚有才自从建起了沙石料厂，一副大老板的样子，走在大街上，从东晃到西，俨然一副村里装不下的样子。

姚有福在村里是出了名的孝子。姚有才在村里却因为不孝出了名。

几年前，姚有才听到村里要拆迁的风声，来到姚有福家。

"哥，听说村子要拆迁，你有什么想法？"

有福说："有才，你又有什么歪主意？拆不拆是上面的事，不能动什么歪脑筋。"

"哥，我是想把咱祖上的那个老院子再加盖上两层，你看如何？"有才小声征求有福的意见。

有福说："不行啊，这个我不同意。你的房子我不管，不能打老屋的主意。这是爷爷祖上留下的房子，不能欺上瞒下乱搭建。"

有才碰了一鼻子灰，没想到有福对搭建房屋这么的坚决，心想，早知你姚有福这个态度，我才懒得去问你呢！

姚家湾要拆迁的消息在姚家湾炸开了锅。有的人东家串，西家跑，打听什么时间拆迁，有什么拆迁政策，怎样搭建房屋才能多挣钱。

姚有福就是姚有福，心想，是自己的跑不了，不是自己的，再争也捞不着，每天起早贪黑干着自己的营生。

姚有才这几天左眼突突地跳，感觉到发财的机会来了。大家知道，俗话说"左眼跳财，右眼跳灾"，有才跑到其他拆迁村打听如何应对拆迁政策，怎样才能弄虚作假弄到更多的拆迁款。

姚有才邻村的一个狐朋狗友叫艾占由，凡事皆揩油，没有占不上便宜的事，用他的话说"只要有钱赚，有活咱就干"。

姚有才知道艾占由在村里拆迁前事事精心准备，将自家的平房改装成两层，东屋西扩，西屋东扩，把自家的院子改建得密密实实，住房面积增加了一半多。在庄稼地里种上了苹果、梨树、枣树等经济作物，当着测量人员的面胡搅蛮缠，生拉硬拽地多测量不少。

姚有才知道艾占由引以为豪的就是多要了拆迁款，这更验证了他的那句话"长心眼儿强过长力气"，软磨硬泡地多测量一点儿，是种地需要多长时间才能达到的收入哇！

这天夜晚，姚有才打电话邀艾占由来家里喝酒，帮着看看如何能再多造出几间房子，一是喝酒叙旧，二是传授经验。

艾占由接到电话，满心欢喜，感觉自己这套应对拆迁的方法有了用武之地。艾占由爽快答应，没等天黑就应邀赴宴。

有才下了血本，买来了鸡鸭鱼肉、螃蟹、大虾、琵琶虾，拿出了存放多年的好酒。

艾占由好长时间没见到这阵势了，一看姚有才如此大方，滔滔不绝的话语中带着得意，详细地给姚有才描绘了一幅蓝图，说得姚有才一阵云里，一阵雾里，满口的"好好好"。

艾占由酒足饭饱要走，姚有才满心欢喜地还要留艾占由好好唠唠。艾占由说："不了，不了，今天就到此，说多了，你也消化不了，还是有时间再聚吧。"

姚有才把早早准备好的一箱酒搬到艾占由的三轮车上。艾占由骑上车回家去了。

姚有才听了艾占由的一番话，翻来覆去睡不着，细细思忖如何在房子上盖房子，院子里加院子，一个院子变成两个院子。他仿佛看见庄稼地里长满摇钱树……

其实到现在，姚有才也不知道那晚是什么时候睡着的。他却清楚地记得那晚笑醒了好几次。

再说姚有福，尽管村子里的每个人都盘算着自己的小九九。就连媳妇也劝他，左邻右舍都在加盖房子，我们是不是随大流，也加盖几间。

有福的话掷地有声："坚决不行，祖上教育我们不贪不占，加盖房屋，投机取巧，坚决不行。"

有福媳妇问一次，吵一次。胳膊拧不过大腿，常言道"嫁鸡随鸡，嫁狗随狗"，有福媳妇见有福油盐不进，也拿他没办法，心想听天由命，由他去吧。尽管邻居们也过来问有福媳妇，做通你家有福的工作了吗，盖还是不盖呀？有福媳妇只是苦笑应对，一脸无奈。

姚有才沉不住气了，找来施工队，对自己的院落进行加盖。白天乡镇上的工作人员巡视乱搭乱建查得紧，不敢明目张胆地盖房子，只有一早一晚加班加点地盖。施工队尽管答应盖房，也是提心吊胆的，别忘了，是在房子上盖房子，何况原来的房子地基并不十分牢固。

说是加盖房子，并不是真想住，只是外面看着像房，到时拆迁能测量算面积就可以，能糊弄一时算一时。姚有才担心乡镇来人检查，说不让盖就不让盖，于是他就催着施工队，加快，加快，再加快。

六月的天像小孩的脸，说变就变。尽管施工队的人员都是上了岁数的老年人，为了能多赚点儿补贴家用，但这些人还是尽心尽力。眼看就要封顶完工了，姚有才心里那个乐呀，听艾占由的话没错，就要大功告成了。

天公不作美。就在这完工的最后关口，天下起了暴雨。由于加盖的房子不是为了居住，施工队没做长期打算，为了省钱，使用的材料质量很差。

坏了，坏了，新加盖的房屋坍塌了，邻村的老王被砸在里面。

"救人啊！快救人！先把老王救出来。"施工队长声嘶力竭地高喊。

冒着大雨，大家好一阵忙活儿，老王终于被救出来了。施工队长驾车快速将老王送到了县医院。万幸的是，老王腰部被砸伤，并没有生命危险。

姚有才那个气呀，你说怎么这么倒霉呀，这档子事怎么偏偏叫我遇到呢？

施工队长来找姚有才说老王通情达理，只要求你把医药费给报了，自己回家养一段时间，就算两清了。

有才心里那个懊悔呀，都说"长心眼儿强过长力气"。心眼儿是长了，长在哪里呢？

有才想，看看有福哥，不贪不占，过得坦然。再看看自己，总想赚点儿便宜，可便宜在哪里呢？偷鸡不成蚀把米。

这天，艾占由邀姚有才去喝酒。姚有才嘴上说好好好，可最近手头上的事忙不过来，就先不去了。挂完电话，姚有才说："呸！好个艾占由，可让你把我坑苦了！今后，我才不和你这样的人打交道呢。什么'只要有钱赚、有活咱就干'全都是胡说。"

月亮爬上天空，月光照进有才的院落。有才看看东，看看西。过去多么好的四合院啊，可现在房上建房，院落小得可怜，都被各个房屋挤占得房不像房，院子不像院子。过去，夏天在院子里一家人围坐在一起吃个饭，喝个小酒，好不惬意。现如今，在院子里行走，都会感觉到有一种压抑感。此时的月光是多么明亮，可洒在自家的月光少得可怜。

有才越想越不自在，悄悄地走出家门，一个人溜达到姚家湾湾边。月光洒在宽阔的水面上甚是好看，湾边的柳树在微风下轻动枝条，伴随着湾里的蛙鸣，好一幅美丽的田园画。

姚有福凭借着勤奋努力，诚实守信，在群众中的威信越来越高，企业经营信誉越来越好。有福是一个知恩图报的人。每年中秋节和春节，他都拿出一部分资金为村里80岁以上的老人送上自己的一份心意。村里偶有吵架拌嘴的也愿意找有福出面调解。别看有福没黑没白地忙碌，只要乡亲们找到他，他都很爽快地答应下来，全心全意地帮忙，直到事情解决为止。

五年一届的村委会换届选举的日子快到了。村党支部书记劝姚有福参加竞选，有福说："我可不行，做生意我在行，管理咱村我可不行。"

按照村委会选举议程和程序，姚有福被纳入村委会主任候选人。姚有才也曾动过心思，请过客，送过东西，但群众的眼睛是雪亮的，就他那点儿小九九，群众看得比谁都清楚。

选举大会在乡镇有关部门的监督下进行。姚有福高票当选村委会主任。人生有了新的转折。姚有福本来就是一个闲不住的人，自从当选村委会主任后，大事小情更忙了。

转眼几年过去了，姚有福在村委会主任的位置上已经有六个年头了，村里发生了翻天覆地的变化。旱厕没有了，变成了水冲式。街道变宽了，全都修成了柏油路。夜晚变亮了，高标准路灯把姚家湾照亮了。小广场用处越来越大了，每到傍晚，健身舞、秧歌队、熟悉的旋律响起来，幸福的歌儿唱起来。为了繁荣群众文化生活，姚有福在村党支部和上级党委的帮助下建起百姓大舞台，图书室里书墨香，农村电影到身旁，应急广播传知识，家家户户有书橱，幸福和谐人欢畅。

姚有才呢？有才在有福和乡亲们的感召下，自己所经营的沙石料厂一举成为本乡镇有名的诚信企业。有才也像变了个人一样，有才是有财，从来不胡来，回报新时代，越来越可爱。

盼了很久，姚家湾终于真的要拆迁了……

姚有福早就意识到这一天会来的。乡亲们也盼望了好几年了。

工作组进村，支部村委两委班子带头，按照上级的拆迁标准逐一签字，群众对拆迁也早有心理准备。群众相互转告，决心按时拆迁，决不拖后腿。姚有才说："是共产党领导咱们过上了好日子，对拆迁我没有意见，拆掉平房搬楼房，幸福生活更向阳。"

姚家湾的村民今天就要搬走了。有福的父辈们还是有些不舍，这毕竟是祖祖辈辈生活的村庄。当他们搬出村庄后，这里的房屋将不复存在。多少年后，这里也许会是高楼林立的商业街，也许会是机器轰鸣的工业园，也许……

姚有福帮着村民，收拾东西装在车上，一辆辆载满物品、载着希望的车辆驶出村庄。有福说："有才，好好看看吧，这是生我们养我们的村庄，我们的幸福生活将姚家湾装入记忆重新起航，感谢新时代，感谢共产党！"

这个叫姚家湾的地方承载着历史的记忆，多少年后，有福、有才和姚家湾的乡亲们再次来到这个地方，将是红旗飘扬，另一番欣欣向荣的景象……

油地花开

油地花有谁见过？恐怕植物专家都没有见过。油地花是一种什么样的花呢？那是开在姚家湾群众心里的花，油光锃亮，金光闪闪，寓意幸福吉祥！

在鲁北平原有一个叫姚家湾的村庄。村庄以姚姓居多，另有王、李两个姓氏。村民谦逊和善，团结互助，民风淳朴。

该村地势低洼，村东西两头各有一处大湾，连接两头大湾的是村内的一条东西向的主要道路。遇大雨，下得沟满壕平，村内的这条道路满是积水，东西两湾雨水相连，两个湾里的草鱼、鲫鱼就会被冲到大街上，大人们为洪涝发愁，"少年不识愁滋味"的顽童却高兴地在村内道路上摸鱼。

村内有叫姚文、姚武的两兄弟。说也奇怪，还真是应了父母起的名，姚文从上学开始就凸显他的文采，从小学到中学再到读大学，在班里没得过第二名，所有考试都是第一，所写的作文都是班里被诵读的范文。姚武呢？喜欢打打闹闹，人倒是聪明，学习却不怎么样，考试从没超过六十分，门门功课都在倒数之列。姚文、姚武的父亲是村党支部书记，名叫姚有树，做事公正公平，在村里威望极高，是十里八乡响当当的人物。

"姚家湾，姚家湾，不旱不涝丰收年。赶上旱，没法灌（浇），颗粒不收无农田。遇上涝，湾水连，庄稼泡在水里边。姚家湾，想吃饭，全看老天那张脸。"这是一首姚家湾秀才王友根总结的童谣，姚家湾的孩子们虽不太懂，但常聚在一起又跑又跳地唱着这首童谣。这也是姚家湾真实的写照。那些年不是涝就是旱，姚家湾群众生活也非常不容易。

大概是到了 20 世纪七八十年代，姚家湾有了新的变化。胜利油田勘测队来到姚家湾，发现姚家湾地下石油资源丰富，开始在姚家湾勘测，在姚家湾村东、村西竖起了油井架，开始钻井提油。

没见过石油井的孩子们，在油井周围瞅瞅这个看看那个，感觉什么都是那么新鲜，最好玩的是刚建起的油井架，爬上爬下真好玩。油井架由似楼梯台阶一样的铁台阶，盘旋而上，从底层直到架顶，好像有几层楼高的样子，小伙伴们相约往上爬。特别是姚武胆子大，一天爬几个来回。胆小的不敢上，姚武每次爬上爬下，然后十分得意地描绘爬油井架的感觉，羡慕得那些胆小的真想上去体验一下姚武嘴里那种"一览众山小""看人像蚂蚁"的感觉。

姚有树自从油田入村占地后，不再只盯着自己的一亩三分地，开始跑东跑西地为群众跑占地款、污染费，甚至是村里的过路费、桥损费，只要沾边，就向油田狮子大开口。与油田相关工作人员接触，其中免不了到饭店吃吃喝喝，姚有树每一次会酒足饭饱，反正都是油田相关工作人员买单。

常言道：靠山吃山，靠水吃水。姚有树想，俗话说靠啥吃啥，咱不靠山不靠水，吃不上山吃不上水。可咱靠油田，就只能靠油田吃油田了。

村民占地款到了，姚有树起了歪心思，不往下拨。群众三番五次来催要，空手来的跑上多少趟也拿不到一分钱。有些人"聪明"，就偷偷拿着好酒好烟去见他，赔偿款很快就到位了。

姚文学习好，又爱学，志向远，高考以优异的成绩考上了省城的名牌大学。姚武调皮，不爱读书，上完高中就回家务农了。

姚有树感觉姚文令姚家扬眉吐气，有出息。在姚文上大学前，连摆了三天酒席，庆贺姚文升学。村里每家每户都送来贺礼，姚有树认识的人又多，那几天好不热闹，祝贺声、喝酒声不绝于耳。姚有树那个喜呀，天天小脸通红，喜笑颜开，满是欢喜。但他看到姚武气不打一处来，横挑鼻子竖挑眼。姚武也识趣，尽量不和父亲正面交锋，能躲尽量躲着。

时光荏苒，转眼又是几年。姚文大学毕业后留校任教，多年之后成了村里唯一的教授级人物。姚武呢？过着老婆孩子热炕头的平淡生活。尽管姚武不爱学习，但干农活是一把好手，凭他的机灵劲儿，在村里发展食用菌养殖，年年收入十几万元，过着平凡富足的农家生活。

姚有树看着两个儿子越来越有出息，自己更是不知天高地厚地胡吃海喝，在村民面前经常胡乱许诺，可总落不到实处，在群众中的威信一天不如一天。乡镇廉政大检查，接群众举报，姚有树因违规吃喝、账目不清等问题被免去村党支部书记职务，还留党察看两年。

一段时间以来，姚家湾没有了村支部书记，村委会工作靠村主任主持。

村主任李团结工作能力一般，姚家湾从全镇有名的先进村变成了问题村。群众时不时地到乡镇上反映问题，围绕油田占地、庄稼污染，三天两头到镇上闹。村主任不能有效解决这些问题，镇委决定调整充实姚家湾村两委班子，派来了油区钻井公司的孟鸽来到姚家湾任第一书记。

孟鸽大学毕业后分配到钻井公司工作，拥有几年的油田工作经验和在农村生活的经历，所以对农村工作并不陌生。孟鸽进村后，深入各家各户了解群众急需解决的问题，了解制约姚家湾发展的症结，她白天入户走访了解情况，晚上在办公室制定姚家湾发展规划。

别看孟鸽是个女同志，个头不足一米六五，干起工作来却不比男同志差。孟鸽召开村两委会议，统一思想认识，倡导党员带头，村委会成员、村民代表要顾全大局，要求村两委成员心往一处想，劲儿往一处使，尽快扭转姚家湾在公众中的形象。

孟鸽从钻井公司争取资金为村内八个贫困户购置山羊，通过养殖山羊帮助贫困群众增收。她积极协调资金，村两委成员、党员、团员义务劳动，平整村内道路，整洁街道，建立村民议事制度，账目公开。这一系列举措得到了村民的认可。

群众原以为年轻书记来了不会干事，没想到来了个脚踏实地的"女汉子"。起初，孟鸽到群众家，群众家养的狗都会叫起来没完，随着走访的次数增多，群众家的狗也认识这位常客，不再乱叫了，有的狗猫还喜欢往孟鸽身边跑。群众对孟鸽的看法有所改变，不再是刚来时躲着走、不友好、不友善，现在有什么话都愿意和孟书记交流。

孟鸽所做的工作，群众看在眼里。村两委班子成员对孟鸽的防备之心也解除了。

"孟书记，自你来到我们村发生了很大变化。我们村地势低，容易涝，村西的那块高粱地，丰收年景可是上等的高粱，那可是酿酒的好原料。"

孟鸽找来酒厂的老板，疏浚了沟渠，做到旱能浇涝能排，村西那片高粱年年丰收，和酒厂签订购销合同，帮助村民解决了高粱销路问题。

村里有个小伙叫姚欣喜，喜欢搞直播，村里群众并不看好他，认为他是不务正业。孟鸽在走访座谈时，了解到姚欣喜很有想法，就让他为村里建立网站，把村里的农产品挂到网上，村民怎么也没想到自家地里种植的农产品能通过网络卖出去。

孟鸽将村内空置的老学校改造成了养殖车间，把姚武那帮村里的能人也用了起来。姚武养殖食用菌技术过硬，孟鸽就让他做技术指导。村里成立了食用菌合作社，让贫困户每家出一名劳力来打工，帮助村里的八个贫困户实现了脱贫。

农村天地，大有可为。孟鸽在农村广阔的天地里，描绘着自己心里美好的蓝图。姚家湾在孟鸽书记的带领下，村风村貌发生了很大变化。人们看到只有跟党走、听党话，在党支部的领导下，路才能越走越宽，才能走上富裕幸福生活之路。

姚武、姚欣喜等一批年轻人递交了入党申请书。经过支部严格审核，姚武、姚欣喜光荣地加入了中国共产党。

孟鸽在姚家湾三年间，全心全意为人民服务，树立了党在人民群众中的光辉形象。每一名党员的模范作用也都得到了群众的认可。群众对党领导群众过上幸福生活坚定了信心。二十六名优秀青年干部向党组织递交了入党申请书。

去年，村两委换届。姚武当选姚家湾村党支部书记。姚欣喜当选为姚家湾村委会主任。

孟鸽欣喜地看到，姚武、姚欣喜不只不忘初心为民造福，更主要的是他们会不忘嘱托，把一张蓝图描绘到底。

孟鸽恋恋不舍地离开了姚家湾。盛开在姚家湾的油地花成为当地的一段佳话。

八十六岁的王友根新版童谣在孩子们中间传唱：

姚家湾，姚家湾，

幸福生活谱新篇。

高粱红，红满天，

高产酿酒叫人馋。

互联网，物联网，

瓜果地头销售完。

姚家湾，幸福湾，

和谐安定比蜜甜。

……

后　记

从小喜欢写作的我，1986年参军到北京，从1988年开始尝试新闻稿写作，为报纸做业余通讯员，经常写一些反映部队生活的小"豆腐块儿"，偶见报端。我乐此不疲，为我以后从事新闻道路奠定了基础。1991年当我拿着在部队发表的作品，应考现在的单位时，感到非常自豪。经过笔试、面试，层层选拔，我终于如愿以偿，成为县（区）级媒体的新闻记者。回想起来，到现在，我涉足新闻采编工作已经三十余年。

当记者，当着当着就成了"杂食性动物"。除了写消息、通讯，评论文章也写，诗歌、散文、报告文学、歌词、童谣偶尔也写，散文、诗歌写得最多，渐渐写多了，也能获奖。

这些年，在各级作协领导和各地文友的关心鼓励下，才有了这本文集。感谢新华通讯社特聘内容总监、中国新闻奖评委赵秀富，感谢原《读书报》编辑、著名诗人陈满平，感谢《中国人口报》编辑王瑛、王家玲、赵大力，感谢《中国少年报》编辑李琦、吴峥岚等老师和山东省、市、县（区）广播电视台的老师们及这些年来对我关心支持的滨城融媒同仁和妻子女儿等家人的大力支持和鼓励，在此一并表示感激。

借结集出版的机会，我对一些作品的字句漏误进行了纠正，按编排结集的需要对少数作品标题进行了适当整合。由衷感谢青年作家网总编汪家弘（汪鑫）和各位编辑老师对我创作的支持，能够让《月光洒满故乡》与读者见面。恭请各位读者与文友批评指正。